dtv

HANS KRUPPA

Valentina sucht das *Glück*

Roman

Deutscher Taschenbuch Verlag

Ausführliche Informationen über
unsere Autoren und Bücher
finden Sie auf unserer Website
www.dtv.de

MIX
Papier aus verantwortungsvollen Quellen
FSC® C019821

Originalausgabe 2013

Umschlagkonzept: Balk & Brumshagen
Umschlaggestaltung: buxdesign I München
unter Verwendung einer Collage von Carla Nagel
Satz: Greiner & Reichel, Köln
Gesetzt aus der Sabon 10/13,5'
Druck und Bindung: Druckerei C.H. Beck, Nördlingen
Gedruckt auf säurefreiem, chlorfrei gebleichtem Papier
Printed in Germany · ISBN 978-3-423-21478-0

Für Catherine,
ohne die dieses Buch
nicht das geworden wäre,
was es ist.

Montag

Wirklich reich ist,
wer mehr Träume
in seiner Seele hat,
als die Realität zerstören kann.

Ein guter Rat

»Gib dich nicht mit der Zufriedenheit zufrieden! Lebe so, daß du glücklich bist, Valentina.«

Irma hatte ihr in die Seele gesehen und erkannt, daß es in ihrem Leben an Glück mangelte. Und ihr mit der für sie typischen Direktheit geraten, sich nicht damit abzufinden. Valentina hatte ihre Hände auf die Schultern der Großmutter gelegt und ihr einen Kuß auf die faltenzerfurchte Stirn gegeben. Als Dank für ihren Rat, das wertvollste Geburtstagsgeschenk.

Valentina kannte niemanden, der so tief ins Herz eines Menschen sehen konnte wie ihre Großmutter. Irma durchschaute alle Schleier, Masken und Vernebelungsmanöver, mit denen man die eigene innere Wahrheit verbarg – vor anderen und manchmal auch vor sich selbst. Sie war der geheime Mittelpunkt, die gute und weise Seele der Familie. Die Frau, deren Rat von allen gesucht und fast immer auch befolgt wurde. Als sei ihre Weisheit nicht schon Geschenk genug an alle, die ihr nahestanden, hatte sie auch noch ein Herz voller Mitgefühl und Wohlwollen. Insbesondere für ihre Enkelin. Irma war ein Segen für die ganze Familie, doch mit Valentina verband sie eine ganz besondere seelische Nähe.

»Es geht mir nicht schlecht«, hatte Valentina gesagt.

Irma hatte genickt und gelächelt: »Ich weiß, mein Kind. Aber du bist nicht glücklich. Daran solltest du etwas ändern. Ich weiß, daß du es kannst. Denn du bist reich.«

»Ich bin reich?«

»Ja, Valentina, du bist reich. Denn du hast mehr Träume, als die Realität zerstören kann.«

Etwas geschieht

Der Regionalexpress verlangsamte seine Fahrt und fuhr in die Bahnhofshalle ein. Während der Fahrt waren Valentina immer wieder Eindrücke des Wochenendes in den Sinn gekommen. Lächelnde und lachende Gesichter, freundliche Worte, herzliche Gesten und spontane Umarmungen, eingebettet in eine harmonische, fröhliche Atmosphäre. Als hätten alle Gäste ihre Sorgen und Probleme zu Hause gelassen, um ihr, dem Geburtstagskind, und auch sich selbst zwei unbeschwerte, schöne Tage zu schenken.

Mit einem Ruck kam der Zug zum Stillstand. Valentina blickte aus dem Fenster. Nur ein paar Schritte von ihr entfernt stand ein blonder Mann um die Dreißig auf dem Bahnsteig. Sah sie mit intensiver Direktheit an. Aus ernsten, melancholischen Augen, die sie auf seltsame Weise faszinierten. Es war ihr, als würde sein Blick in ihr Innerstes dringen. Sie fühlte sich diesen Augen ausgeliefert, und doch erschien es ihr als völlig natürlich, zumindest als nichts Fremdes. Sie spürte, wie sich ihr Herzschlag und ihr Atem beschleunigten. Wie ihr plötzlich warm wurde im ganzen Körper, als wäre die Temperatur im Zugabteil schlagartig gestiegen. Mit einer Mischung aus Verzauberung und stillem Erstaunen beobachtete sie sich dabei, wie sie sich selbst mehr und mehr entglitt.

Trotz ihrer Verwirrung erwiderte sie den Blick des Fremden, der unbeirrt auf ihr ruhte. Sie sah nur sein Gesicht auf dem Bahnsteig, nichts anderes hatte mehr Bedeutung, nichts anderes existierte mehr – ineinander versunkene Blicke, die eine eigene Wirklichkeit erschufen durch die mysteriöse Kraft ihrer Begegnung.

Als der Zug sich wieder in Bewegung setzte, drückte Valentina die Wange an die Fensterscheibe, um den Blickkontakt so lange wie möglich zu halten. Diesen unverhofften, verheißungsvollen Gefühlsklang, der die Stille ihres Herzens gebrochen und es erschüttert hatte. Noch während Valentina das sich ihr viel zu schnell entziehende Gesicht des Mannes so lange wie möglich festzuhalten versuchte, wußte sie, daß ihr dieser Moment unvergeßlich bleiben würde. Daß sie eine kostbare Erinnerung gewonnen, einen Triumph erzielt hatte über die Hohlheit so mancher Begegnung. Einen Triumph über zu niedrige emotionale Flughöhen, über zuviel Alltagsstaub auf den Kleidern ihrer Seele. Einen Sieg über die ungute Zufriedenheit mit der Zufriedenheit, über die bequeme, als Gelassenheit getarnte Akzeptanz mangelnder Lebensfreude und verlorener Leichtigkeit.

Was ist da gerade passiert, fragte sie sich, als der Zug die Bahnhofshalle hinter sich gelassen und sie den Fremden aus den Augen verloren hatte. Nicht aus dem Sinn. Wie auch? Sie lauschte in sich hinein. Statt einer Antwort tauchte sein Gesicht vor ihrem inneren Auge auf. Einem Impuls folgend, zog sie ihren Skizzenblock aus der Reisetasche und begann selbstvergessen und wie in Trance, es zu zeichnen. Mit erstaunlich ruhiger Hand, obwohl doch alles in ihr in Aufruhr geraten war, in eine kraftvolle Unruhe, die wie ein Blitz aus heiterem Himmel gekommen war und sie bis in die Fingerspitzen erfüllte.

Diese Begegnung, die ja nichts weiter als ein Blickkontakt gewesen war, hatte ein seelisches Erdbeben in ihr ausgelöst. Hatte sie überrumpelt und mit fast unheimlicher Macht aus dem Gleichgewicht gebracht. Der Schreck darüber saß ihr noch in den Gliedern. Ihr war, als würde sie in ihrem innersten Kern zittern. Die Hand, die den Bleistift führte, blieb von diesem Zittern, das sein Zentrum in ihrem Bauch hatte, jedoch unberührt. Nur ein einziges Mal spürte sie, wie sich das Beben auf ihren Arm ausdehnen wollte. Da hielt sie inne, atmete tief durch – und gewann die Herrschaft über ihre Hand zurück. Ihr Herz fühlte sich leicht an, fast schwerelos. Wie ein Schmetterling, von einem jähen Windstoß in die Höhe geschleudert. In eine warme, weiche Luftströmung.

Während sie fieberhaft zeichnete, vergaß sie die Welt um sich herum. Das monotone Rauschen des Zuges, die Menschen im Abteil, das schnelle Vorbeigleiten der Landschaft – alles verschwand, versank, existierte nicht mehr. Es gab nur noch den Bleistift in ihrer Hand, den Skizzenblock auf ihrem Schoß und das Gesicht des Mannes, das sich mit unerklärlicher Deutlichkeit in ihr Gedächtnis eingeprägt hatte. Die leicht gewellten, üppigen Haare. Die ein wenig feminine, ovale Gesichtsform. Die ernsten, ausdrucksvollen Augen, der Schwung der Brauen. Die vollen Lippen. Die hohe Stirn und die für einen Mann ungewöhnlich feingeschnittene Nase. Die miteinander harmonierenden Elemente eines interessanten Gesichtes, dessen ernste Augen einen unwiderstehlichen Zauber verströmten.

Als sie das fertige Portrait betrachtete, wußte sie mit einem Mal, warum sie es gezeichnet hatte. Zugleich war ihr klar, daß sie so gut wie keine Chance hatte. Dennoch entschied sie sich, am nächsten Bahnhof auszusteigen und so schnell wie möglich eine Station zurückzufahren.

Obwohl genügend Sitzplätze im Zug frei waren, verbrachte sie die Rückfahrt im Stehen. Ihre innere Unruhe ließ ihr die viertelstündige Fahrtzeit als lang erscheinen. Etwas in ihr hatte sich geöffnet, wie ein Fenster, wie eine Tür. Etwas war aus einem tiefen Schlaf erwacht. Warmes Licht strahlte in einen Raum ihrer Seele, in dem Kühle und Dunkelheit geherrscht hatten. Valentina fühlte und dachte plötzlich klarer, intensiver, genauer. Wie von einer behindernden Hülle, einem Kokon befreit.

Etwas war geschehen, das alles in ihr verändert hatte.

Valentina macht sich auf die Suche

»Haben Sie diesen Mann gesehen?« fragte Valentina Dutzende von Passanten auf dem Bahnhofsgelände und in der Fußgängerzone, zeigte ihnen ihre Zeichnung. Bis eine Frau das Gesicht erkannte und nickte. »Sehen Sie die kleine Kirche dort? Dahinter ist ein Garten mit ein paar Bänken. Da hat er gesessen.«

»Wann war das ungefähr?«

»Na ja, so etwa vor einer dreiviertel Stunde. Er ist mir aufgefallen, weil er so in sich versunken wirkte. So abwesend. Er starrte Löcher in die Luft.«

»Sind Sie sich sicher, daß er es war?«

Die Frau warf einen erneuten Blick auf Valentinas Zeichnung und nickte mehrmals.

Valentina bedankte sich erleichtert. Mit schnellen Schritten machte sie sich auf den Weg zu der Kirche.

In dem Garten standen vier grüne, einfache Holzbänke. Auf einer von ihnen saß eine blonde Frau in ihrem Alter, die in einem Buch las. Ohne Zögern ging Valentina auf sie zu und sprach sie an: »Entschuldigung, hast du vielleicht diesen Mann gesehen?«

Die junge Frau sah überrascht in Valentinas Gesicht, dann auf den Skizzenblock vor ihrer Nase. »Ja, hab ich. Er saß dort, auf dieser Bank. Er ging ein paar Minuten, nachdem ich gekommen war.«

»Wann bist du denn gekommen?«

»Vor einer halben Stunde.«

Valentina seufzte. »Dann ist er jetzt wer weiß wo.«

»Warst du mit ihm verabredet?«

»Ich kenne ihn gar nicht.«

»Und warum suchst du ihn?«

»Warum? Wir sind uns begegnet. In der Bahnhofshalle, vor etwa einer Stunde. Ich saß in einem Zugabteil, er stand auf dem Bahnsteig. Wir sahen uns in die Augen. Dann fuhr mein Zug ab. An der nächsten Station bin ich ausgestiegen und zurückgefahren, um ihn zu suchen.«

»Das war wohl ein faszinierender Blickkontakt.«

»Ja. Er war sehr intensiv. So etwas ist mir noch nie passiert. Deshalb will ich ihn finden.«

Die blonde Frau lächelte. »Das wird nicht leicht sein. In dieser Stadt leben über fünfzigtausend Menschen. Vielleicht wohnt er gar nicht hier. Ist hier nur zu Besuch.«

Valentina setzte sich zu der Frau auf die Bank. »Wie viele Hotels gibt es hier?«

»Etwa ein Dutzend.«

»Ist ein Taxistand in der Nähe?«

»Willst du jetzt alle Hotels mit dem Taxi abklappern?«

»Ja.«

»Das geht ins Geld.«

»Egal.«

»Ich kann dich fahren. Mein Auto steht gleich um die Ecke. Ich hab eh nichts Besseres zu tun.«

»Nichts Besseres, als eine Fremde von Hotel zu Hotel zu chauffieren?«

»Ich helfe dir gern. Außerdem habe ich ein Eigeninteresse.«

»Und welches?«

»Es interessiert mich, ob du ihn findest.«

»Das ist dir Grund genug?«

»Nein, es ist … Du rührst mich irgendwie an. Versteh das jetzt nicht falsch! Ich glaube, ich weiß genau, was du fühlst. Zumindest bis zu einem gewissen Punkt. Und ich finde es gut, daß du deinem Gefühl folgst. Ich lese hier eine erfundene Geschichte, die mich langweilt. Und du stehst am Anfang einer wahren Geschichte, die ich spannend finde. Ich heiße übrigens Vanessa. Also – fahren wir?«

Valentina nickte und lächelte, erfreut über dieses überraschende Hilfeangebot. Und auch, weil Vanessa ihr sympathisch war.

»Danke! Ich heiße Valentina. Wie hat er eigentlich auf dich gewirkt?«

»Nachdenklich. Etwas schien ihn ziemlich zu beschäftigen. Ich glaube, er hat mich gar nicht wahrgenommen.«

»Ich hätte aussteigen und zu ihm auf den Bahnsteig gehen sollen!«

»Er hätte ja auch zu dir in den Zug kommen können.«

»Ja, hätte er. Aber wenn er so empfunden hat wie ich, war er dazu nicht fähig. Meine Handlungsfähigkeit war völlig ausgeschaltet, als wir uns ansahen. Ich war zu überrascht, um reagieren zu können. Wie gelähmt. Vielleicht ging es ihm ja genauso.«

»Hast du dich in ihn verliebt?«

Valentina mußte lachen. »Nein, ganz bestimmt nicht.«

»Es gibt da so etwas wie Liebe auf den ersten Blick.«

»Mag sein«, gab Valentina zu. »Manche Menschen erleben so etwas wohl. Ich vielleicht auch einmal. Aber nicht in ein paar Sekunden. Ich bräuchte dazu mindestens ein paar Stunden. Besser noch ein paar Tage. Und ich müßte den Betreffenden berühren, nicht nur sehen können. Aber irgend etwas ist in mir passiert in diesem Zug. Der Blickkontakt hat etwas in mir ausgelöst. Wie der berühmte Tropfen, der das Faß überlaufen läßt.«

»Welches Faß?«

»Das Faß meiner Sehnsucht. Nach Liebe, nach Glück. Nach einem Menschen, an den ich glauben kann. Den ich lieben kann.«

»Also hast du dich doch verliebt!«

»Nein! Hab ich nicht!« widersprach Valentina.

»Es gibt elf Hotels«, sagte Vanessa nach einem Blick in den schmalen Stadtführer, den sie aus dem Handschuhfach ihres Kleinwagens gezogen hatte, und fuhr los. »Den kannst du behalten. Du wirst ihn brauchen. Da findest du Adressen von Cafés, Bistros, Restaurants, Taxirufnummern und so weiter.«

Valentina bedankte sich und steckte den Stadtführer in ihre Umhängetasche.

»Und was tust du so, wenn du nicht gerade einen fremden Mann in einer fremden Stadt suchst?«

»Ich versuche, jedem Tag etwas Gutes abzugewinnen.«

»Gelingt dir das?«

»Na ja. Nicht immer.«

»Tja, manche Tage sind schwierig. Und was machst du beruflich?«

»Ich male. Ölbilder. Manchmal auch Tuschezeichnungen. Einmal im Jahr mache ich eine Ausstellung und verkaufe auch zwischendurch mal ein paar Bilder. Davon allein kann ich aber leider nicht leben. Deshalb arbeite ich zweimal in der Woche als Aushilfe in einer Bibliothek.«

»Warum hast du eigentlich in diesem Zug gesessen?«

»Ich war auf der Rückfahrt von meinen Eltern nach Hause. Ich habe bei ihnen meinen Geburtstag gefeiert.«

»Herzlichen Glückwunsch nachträglich!«

»Danke.«

»Wie alt bist du denn geworden?«

»Dreißig.«

»Dann sind wir im gleichen Alter! Im besten. Noch jung, aber nicht mehr naiv.«

»Noch jung, ja«, stimmte Valentina ihr zu. »Aber nicht mehr naiv? Ich habe den Eindruck, daß ich hier etwas ziemlich Naives tue. Ein Mann hat mir länger in die Augen gesehen. Na und, sagt mein Verstand, das macht er bei jeder Frau, die es sich gefallen läßt. So war es nicht, sagt mein Herz, es war etwas ganz Besonderes, es hat eine tiefere Bedeutung.«

»Das ist nicht naiv. Das ist romantisch. Und optimistisch. Dazu weiß ich einen guten Spruch: Der Optimist ist inspiriert von seiner Zuversicht, mit der er das scheinbar Unmögliche möglich macht.«

»Schöne Worte«, sagte Valentina. »Und was machst du so, beruflich?«

»Ich gebe viel Klavierunterricht und arbeite gelegentlich als Studiomusikerin. Klavierspielen ist wohl das einzige, was ich wirklich gut kann. Meine Hände und die Klaviertasten sind ein glückliches Paar. Leider ist das Leben keine Klaviatur.«

Eine Ampel sprang von Gelb auf Rot. Vanessa mußte kräftig bremsen.

Elfmal hielt Vanessa vor einem Hotel, elfmal stieg Valentina aus, ging zur Rezeption und zeigte das Portrait des Mannes, den sie suchte.

»Laß den Kopf nicht hängen!« sagte Vanessa, als Valentina sich seufzend wieder zu ihr ins Auto setzte. »So können wir annehmen, daß er hier wohnt. Das erhöht deine Chance, ihn zu finden.«

»Er könnte ebensogut privat übernachten«, erwog Valentina. »Vielleicht besucht er einen Freund. Oder eine Freundin. Vielleicht ist er auch gar nicht mehr hier, hatte nur einen kurzen Aufenthalt und sitzt längst in seinem Anschlußzug.«

»Glaub ich nicht. Als er den Garten bei der Kirche verließ, ging er nicht in Richtung Bahnhof.«

»Solange ich die Hoffnung habe, daß er hier in der Stadt ist, werde ich alles tun, um ihn zu finden. Ich hab da eine Idee. Hast du vielleicht noch ein bißchen Zeit für mich?«

»Klar.«

Valentina zog ihren Skizzenblock aus der Reisetasche und schrieb unter das Portrait des Fremden:

Wenn Sie dieser Mann sind
oder wissen, wer oder wo er ist,
rufen Sie mich bitte an!

Valentina fügte ihre Handynummer hinzu und fragte Vanessa: »Fahren wir zu einem Copyshop? Ich will das Bild hundertmal kopieren, in Klarsichthüllen stecken und aufhängen. Überall, wo es ins Auge fällt.«

»Gute Idee«, sagte Vanessa und ließ den Motor an.

Gedanken bei einem guten Essen

Zwei Stunden später hing das Portrait des Fremden an Eingangstüren von Geschäften in der Fußgängerzone, an Bushaltestellen, Telephonzellen und an den schwarzen Brettern einiger Supermärkte.

»Mehr kann ich im Moment nicht tun«, stellte Valentina fest, als nur noch ein paar Photokopien, die sie für alle Fälle behalten wollte, in ihrer Tasche verblieben waren. »Jetzt muß ich abwarten ... Ich weiß gar nicht, wie ich dir für deine Hilfe danken soll.«

»Brauchst du nicht.«

»Möchte ich aber! Kann ich dich vielleicht zum Essen einladen? Mein Magen knurrt schon. Du hast doch bestimmt auch Hunger.«

»Na ja. Okay. Einverstanden.«

Während des Essens sprachen sie kaum miteinander. Einmal schien es Valentina, als sei Vanessa nachdenklich geworden, und fast hätte Valentina sie gefragt, was sie beschäftigte, doch sie wollte nicht aufdringlich sein. Jetzt, als es nichts mehr zu tun gab, wurde ihr bewußt, wie fremd Vanessa ihr war. Trotz aller Sympathie, die sie für sie empfand.

Die Pianistin war eine anziehende Frau, auch wenn ihre Attraktivität sich nicht auf den ersten Blick, sondern erst bei längerem Kontakt erschloß. Sie wirkte freundlich, aufgeschlossen, aber zugleich auch ein wenig distanziert.

Valentina war keine Freundin der Konversation. Konversation war in ihren Augen Geplänkel von Leuten, die sich nichts zu sagen hatten, aber trotzdem nicht den Mund halten konnten.

Als Vanessa sagte, es sei ein sehr gutes Essen gewesen, war Valentina ihr dennoch dankbar, daß sie das Schweigen beendete.

Auch wenn Vanessa nicht mehr als eine sehr sympathische Zufallsbekanntschaft war und wohl auch bleiben würde, war Valentina die Vorstellung nicht unangenehm, daß sich so etwas wie Freundschaft zwischen ihnen entwickeln könnte. Ihr kam ein Gedanke von Epikur in den Sinn, der besagte, daß man weder zu schnell Freundschaft schließen noch zu lange zögern solle – und daß man um der Freundschaft willen schon etwas wagen müsse. Und es fiel ihr noch eine andere Weisheit des griechischen Philosophen ein, der die Freude als das höchste Lebensziel betrachtet hatte. Eine Weisheit, die sie am heutigen Tag in die Tat umgesetzt hatte: *Befreien muß man sich aus dem Gefängnis des Alltagsgetriebes.*

Denn nur die Erkenntnisse, die in Verhalten, in Leben umgesetzt wurden, waren die, die wirklich zählten. Einsichten, die im Bewußtsein ruhten, ohne lebendigen Ausdruck zu finden, glichen Puppen, aus denen sich vielleicht nie Schmetterlinge entwickelten, die die Seele mit ihrer lebensfrohen Leichtigkeit bezauberten. So manches starb, ohne je gelebt zu haben.

»Wo willst du eigentlich übernachten?« fragte Vanessa in Valentinas Gedanken hinein.

»In einem Hotel.«

»Du kannst gern bei mir auf der Couch schlafen.«

Valentina schüttelte energisch den Kopf. »Nein! Du hast wirklich schon genug für mich getan. Aber danke für das liebe Angebot!«

Eins mit der Musik

Valentinas weiße Baumwollbluse ist offen, durch die Ohrhörer singt James Morrison mit seiner unfaßbar guten Stimme *let me hold you for the last time*, Nelly Furtado nimmt den Faden auf, sie klagt *oh what are we doing, we are turning into dust*, sie verwandeln sich in Staub, die gefallenen Liebenden, die Saiten des Instruments ihrer Liebe sind gerissen, fehlen schmerzlich, *you can't play on broken strings*, ihre Liebe ist am Ende.

Aber bei Valentina ist es umgekehrt, etwas Wunderbares hat begonnen, sie läßt sich den Staub von der Seele spülen mit den Wellen dieses traurigen, aber so schönen Liedes, Valentina tanzt mit ihm, tanzt zu ihm, tanzt es, setzt es in Bewegungen um, weiche fließende Bewegungen, die Augen geschlossen, läßt sich tiefer und tiefer in die Musik fallen, vergißt das nüchterne Hotelzimmer, nichts ist mehr nüchtern in ihr.

Valentina ist berauscht, beschwingt, eins mit der Musik, ihre Bewegungen sind geschmeidig und anmutig, ihre Haare fliegen, ihre Arme erzählen die Geschichte der Klänge, ihre Beine folgen dem Fluß der Musik, ihrer ersten großen Liebe, die sie mit elf Jahren gefunden und in den letzten Jahren verloren hatte, in denen sie so vieles verlor, doch jetzt ist ihr, als wäre sie nie fortgewesen, hätte sich nie von der Musik entfernt, dieser schönen Quelle der Lebensfreude, jetzt fließt sie mit den Klängen, den Harmonien und Rhythmen, endlich wieder, und das sanfte Lächeln auf ihren Lippen wird stärker, beständiger, immer schöner.

Eine wiedererwachte Sehnsucht

Nach ihrem Tanz ließ Valentina sich in das halbwegs bequeme Doppelbett ihres kleinen Hotelzimmers fallen, das an Kargheit kaum zu überbieten, aber preiswert und sauber war. Außer Bett und Nachttisch bestand die Einrichtung aus einem einfachen Kleiderschrank, einem quadratischen grünen Holztisch und zwei grünen, unbequemen Holzstühlen. Ein Zimmer, in dem Valentina sich keine Minute länger als nötig aufhalten wollte.

Die wegen ihrer Spärlichkeit fast schon häßliche Atmosphäre des Zimmers wurde von seinem einzigen Wandschmuck aufgehoben, einem Kunstdruck, der in einem einfachen hellen Holzrahmen an der Wand hing. Valentina gefiel das Bild auf den ersten Blick. Zum einen wegen seiner Farben, zum anderen faszinierte sie das Motiv: eine junge Frau mit großen braunen Augen in einem schulterfreien weißen Kleid, die in entspannter, zugleich erwartungsvoller Haltung dasitzt. Sie hat den Kopf leicht zur Seite geneigt und auf die linke Hand gestützt, während ihre rechte auf ihrem Knie liegt. Sie wirkt nachdenklich und zugleich verträumt. Valentina war froh, daß dieses Bild in ihrem Zimmer hing. Es war der einzige Gegenstand im Raum, der etwas ausstrahlte, der lebendig war und der nüchternen Zweckdienlichkeit der Einrichtung erfolgreich Widerstand leistete.

Der Mann an der Rezeption, der ihr den Schlüssel zu diesem Zimmer gegeben hatte, schien sich der ausdruckslosen Atmosphäre des Hotels angepaßt zu haben. Er wirkte wenig lebendiger als der schwarze Tresen, hinter dem er saß. Sein Blick war desinteressiert, gelangweilt und leer, seine Miene so starr, als fehlte ihm die Lust oder Kraft, seine Gesichtsmuskeln zu bewegen. Valentina hatte sich unwillkürlich gefragt, wann er wohl zum letzten Mal gelächelt haben mochte. Auf seine Frage, wie lange sie bleiben wolle, hatte sie geantwortet, sie wisse es noch nicht. Eine Sekunde lang kam ein Hauch von Leben in seine Mimik, als hätte Valentinas Auskunft ihn überrascht, doch er fiel schnell wieder in seine matte, starre Gleichgültigkeit zurück, in seinen traumlosen Alltagsschlaf.

Valentina knipste die Nachttischlampe aus. Vergegenwärtigte sich erneut den Fremden in der Bahnhofshalle und die Begegnung ihrer Blicke, ohne die sie jetzt in ihrem eigenen, weitaus bequemeren Bett liegen würde. Ohne die sie ihren mit der Zeit immer schwächer gewordenen Glauben an den einen und einzigen Mann, der für sie bestimmt war, vielleicht bald gänzlich verloren hätte. Den Glauben an die große Liebe, die sie sich in jüngeren Jahren als die Erfüllung ihrer schönsten Träume vorgestellt hatte, als Quell der Freude, Oase des Glücks. Die große Liebe, die in den Augen vieler Menschen nur ein Mythos war, eine Fiktion, ein Thema von Romanen und Filmen. Eine Wunschvorstellung naiver, romantischer Seelen, die sich früher oder später als Illusion entpuppte.

Zweimal in ihrem Leben hatte Valentina geliebt. Beide Male war von ihrer Liebe nichts übriggeblieben als die bittere Erkenntnis, daß starke Gefühle zugleich sehr schwach waren. Enttäuschungen, Verletzungen oder allein der Sog der Zeit konnten ihnen alles Leben entziehen, bis nur noch die Erinnerung an etwas Wunderbares blieb, das dauerhaftes Glück versprochen, doch nichts als Dunkelheit im Herzen hinterlassen hatte.

In diese Dunkelheit hatte der Blick des Fremden schlagartig Licht gebracht, in dem Valentina erkannte, daß sie nach ihren beiden Stürzen auf dem Weg der Liebe verunsichert und verzagt stehengeblieben war. Lange. Viel zu lange. Doch nun bewegte sie sich wieder. Nun war sie bereit, ihrer Sehnsucht, die vielleicht doch keine Illusion war, eine neue Chance zu geben.

Valentina hatte oft genug versucht, sich mit dem Schwinden ihres Liebestraums abzufinden, es als einen Preis des Erwachsenwerdens zu akzeptieren, aber ganz gelungen war es ihr nicht. Zu hoch war ihr der Preis, zu kostbar der Traum, um ihn im Stich zu lassen wie eine traurig aussehende Zimmerpflanze, um die man sich nur noch halbherzig kümmerte, weil sie eh bald eingehen würde.

Heute hatte sie sich entschlossen, um das Weiterleben ihres Traums zu kämpfen. Sie mochte mit den Jahren realistischer geworden sein, aber sie war noch immer voller Sehnsucht. Sie hätte ihre Sehnsucht aufgeben können, wie so viele es tun, aber sie war dazu nicht fähig gewesen.

Gewiß, Träumer wurden belächelt, als naiv, weltfremd, bestenfalls als unerfahren betrachtet. Realisten hielten sich für aufgeklärt, bedachten aber nicht, daß ein Traum die Wirklichkeit verändern konnte. Ja, daß ein Traum sogar etwas Wirkliches erschaffen konnte, das ohne ihn niemals hätte entstehen können.

Es erfüllte Valentina mit Dankbarkeit, daß ihr Wissen um die schöpferische, magische Macht der Träume sie davor bewahrt hatte, traumlos zu werden. Ihr Wissen lag auf dem Grund ihrer Seele wie eine Perle in einer gut verborgenen Muschel, die von dem emsigen Perlentaucher der Lebenserfahrung noch nicht entdeckt worden war.

Gefühltes Wissen

Vor dem Einschlafen hüllt Valentina sich in die warme Gewißheit ein, daß ihre Seele aus einem Schlaf erwacht ist, in den sie aus tiefer Enttäuschung geflüchtet war, einem jahrelangen Schlaf. Es ist, als würde sie seit einer Ewigkeit wieder das Gefühl genießen, bis in die Haarspitzen lebendig zu sein. Sie sonnt sich in einer Freude, die keinen Grund für ihre Existenz braucht. Die einfach da ist. Die selbstverständlich ist wie die Farbe der eigenen Augen. Das Leben als solches ist gut. Tut gut. Macht Freude. Ein Gefühl, das man Glück nennen kann. Das weit mehr ist als Zufriedenheit. Das Irma wohl meinte, als sie Valentina riet, sich nicht mit der Zufriedenheit zufriedenzugeben.

Für das Glück, das sie jetzt empfindet, hat sie nichts getan. Es ist ihr geschenkt worden. Ausgelöst durch den Blickkontakt mit dem Mann auf dem Bahnsteig. Der alles in ihr in Bewegung gebracht hat. Der ihr das Fühlen und das Wissen zurückgegeben hat, daß es eine Freude ist zu leben, einfach nur zu leben. Daß man nicht nach Vergnügen und Heiterkeit suchen muß, weil das Leben an sich vergnüglich und heiter ist.

Die Bergung dieses in den Nebelfeldern ihres Lebenslaufs verschollenen Wissens und Fühlens, dieses *gefühlten Wissens*, verdankt sie dem faszinierenden Fremden, und dafür will sie sich bei ihm bedanken.

Das war das mindeste, was sie tun konnte, wenn sie ihn fand. Und sie würde ihn finden! Mit einer solchen Freude in sich konnte sie nur auf dem richtigen Weg sein, sie war der Kompaß, der sie ans Ziel ihrer Suche bringen würde.

Valentina liegt im Dunkeln im Bett und spürt, daß sie lächelt. In sich hinein oder aus sich heraus, ohne benennbaren Grund. Leben ist Grund genug zu lächeln.

Dienstag

Folge deinen Impulsen,
solange sie dich inspirieren.
Verwirkliche deine Ideen,
solange sie dich begeistern.
Lebe deine Gefühle, solange sie leben.
Entdecke dich, solange du lebst.

Valentina bekommt einen Hinweis

Valentina hatte in einem Café in der Innenstadt gefrühstückt, weil der Frühstücksraum des Hotels erwartungsgemäß kein Ort war, an dem sie den ersten Tag ihres neuen Lebens beginnen wollte. Jetzt zog sie ihr Handy aus der Tasche, rief die örtliche Tageszeitung an und ließ sich mit dem Anzeigenservice verbinden.

Eine Frau mit routiniert freundlicher Stimme fragte sie nach ihren Wünschen.

»Ich möchte eine Anzeige aufgeben.«

»Für wann?«

»Für morgen.«

»Gern. Bitte diktieren Sie mir den Text.«

»Ich bin die junge Frau im Zug. Montag, gegen fünfzehn Uhr, in der Bahnhofshalle. Unsere Blicke fanden sich und konnten sich nicht voneinander lösen. Wenn du mich wiedersehen willst, ruf mich an.«

Valentina nannte der Frau ihre Handynummer.

»Soll die Anzeige unter der Rubrik *Kontakte* oder *Verschiedenes* erscheinen?«

»Unter *Kontakte*.«

»Gut. Jetzt brauche ich noch Ihren Namen, Ihre Anschrift und Bankverbindung, damit wir den Betrag für die Anzeige von Ihrem Konto einziehen können.«

Nachdem Valentina der Frau die gewünschten Auskünfte gegeben hatte, rief sie Marion an, eine ihrer Kolleginnen in der Bibliothek, und bat sie darum, sie am Mittwoch zu vertreten. Marion erklärte sich zu Valentinas Erleichterung spontan einverstanden.

Nachdem sie aufgelegt hatte, betrachtete Valentina das schwarze Handy. Es bedeutete ihr nichts. Sie ließ es meistens in der Wohnung liegen, wenn sie aus dem Haus ging. Wollte nicht auf Schritt und Tritt erreichbar sein. In den nächsten Tagen würde sie es jedoch immer bei sich tragen.

Ruf mich an, wenn dir danach ist, hatte Vanessa gesagt und Valentina ihre Visitenkarte gegeben. Valentina mußte unwillkürlich lächeln, als sie an Vanessa dachte. Fragte sich, ob sie selbst so viel Zeit und Energie für eine Fremde aufgebracht hätte, um mit ihr einen Mann zu suchen, der wahrscheinlich nicht mehr zu finden war. Vanessas Hilfsbereitschaft war eine Oase in der Wüste der zwischenmenschlichen Gleichgültigkeit. Valentina war froh, daß Vanessa ihr über den Weg gelaufen war, und hoffte, damit nicht ihr Glück ausgeschöpft zu haben. Denn sie würde noch viel Glück brauchen, um den Mann zu finden, dessen bloßer Blick ihr Leben verändert hatte.

Sie zog ihren Skizzenblock aus der Umhängetasche, um das Portrait des Fremden zu betrachten. Bitte ruf mich an, dachte sie.

»Kann ich noch etwas bringen?« Die Stimme der jungen Serviererin schreckte Valentina aus ihren Gedanken auf.

»Nein, danke. Ich möchte zahlen.«

Sie beglich die Rechnung und verließ das Café. Für einen Oktobertag war die Luft erstaunlich warm. Hier und dort entdeckte sie ihre Zeichnung. Aufmerksamer als sonst nahm sie ihre Umgebung wahr, schließlich bestand die Möglichkeit, daß sie dem Mann auf ihrem Steckbrief tatsächlich begegnete. Manche Menschen in der Fußgängerzone wirkten so, als trügen sie ein unsichtbares Schild mit der Aufschrift *Es ist verboten, mein Leben zu betreten* vor der Brust. Andere schienen zugänglicher zu sein. Von Zeit zu Zeit wurde sie angelächelt, meistens von Männern, die damit vielleicht einen Versuch unternahmen, Valentinas Leben zu betreten.

Ein schäbig gekleideter Mann um die Vierzig fiel ihr auf. Er hatte seine Hand in einen Müllbehälter gesteckt und wühlte im Abfall herum. Offensichtlich suchte er nach etwas Eßbarem. Valentina zog eine Packung Kekse, die ihre Mutter ihr mitgegeben hatte, aus der Umhängetasche, ging auf den Mann zu und streckte sie ihm entgegen. Er warf ihr einen überraschten Blick zu, nahm die Kekse ohne Zögern an und sagte: »Recht vielen Dank!« Valentina wunderte sich über seine förmliche Wortwahl.

Vor dem Schaufenster eines Modeschmuckgeschäftes stand eine Straßenmusikerin mit langen dunklen Haaren, spielte Gitarre und sang ein spanisches Lied. So akzentfrei, daß sie nur eine Spanierin sein konnte. Sie hatte eine klare, ausdrucksstarke Stimme und lächelte unentwegt beim Singen. Vielleicht war sie verliebt. Beim zweiten Hinsehen erkannte Valentina ein kraftvolles Glühen in ihrem Blick. Diese Künstlerin war durchaus sehens- und hörenswert. Valentina bemerkte, daß außer ihr drei Passanten stehengeblieben waren. In dem aufgeklappten Gitarrenkoffer, der vor der Sängerin stand, lagen nur wenige Münzen. Valentina zog ihr Portemonnaie hervor, entnahm ihm alle Münzen und legte sie in den Gitarrenkoffer. Die Musikerin bedankte sich mit einem Aufleuchten ihres ohnehin schon strahlenden Blicks.

In diesem Moment klingelte Valentinas Handy.

»Hallo?«

»Hallo! Ich stehe gerade vor Ihrem Steckbrief.«

Der Mann hatte eine angenehme Stimme. Unwillkürlich sah Valentina sich um, als könne er sich ganz in ihrer Nähe befinden. Ihr Herz klopfte schneller. »Sind *Sie* es?«

»Nein.«

»Oh, schade. Kennen Sie den Mann?«

»Auch das nicht. Aber ich habe ihn in den letzten zwei Wochen mehrmals in einem Restaurant gesehen.«

»Sind Sie sicher, daß es der Mann ist, den ich gezeichnet habe?«

»Sie können sehr gut zeichnen.«

»Danke. Sind Sie sicher, daß er es ist?«

»Ja. So gut wie sicher. Er hat ja kein Allerweltsgesicht.«

»Um wieviel Uhr war er denn dort?«

»So zwischen acht und zehn.«

»Und wie heißt das Restaurant?«

»Restaurant Renoir. Kennen Sie es?«

»Nein. Aber ich werde es heute abend kennenlernen. Ich danke Ihnen. Vielleicht haben Sie mir weitergeholfen.«

»Nichts zu danken. Und viel Glück bei Ihrer Suche!«

Valentina ging ziellos durch die Straßen, bis sie den Garten bei der Kirche erreichte, wo sie Vanessa am Tag zuvor angesprochen hatte. Sie setzte sich auf die Bank, auf der nach Vanessas Auskunft *er* gesessen hatte. In sich versunken, nachdenklich hatte er angeblich gewirkt. Vielleicht, weil der Blickkontakt mit Valentina in ihm ähnliches ausgelöst hatte wie in ihr?

Valentina lehnte sich zurück und schaute in den Himmel, wo eine weiße Wolke trieb, die ein bißchen wie ein Schwertfisch aussah. Ihre Konturen veränderten sich langsam, aber stetig, wie um Valentina zu zeigen, daß alles sich ständig wandelte. Kaum hat man etwas erkannt, dachte Valentina, ist es schon nicht mehr das, was es im Moment des Erkennens war.

Valentina blieb noch eine Weile auf der Bank sitzen, um schließlich ihren Gang durch die Straßen der Innenstadt wiederaufzunehmen. Als sie an einem Café vorbeikam, das ihr einladend erschien, ging sie hinein und setzte sich an einen Fenstertisch. Glauben heißt hoffen, ohne zu wissen, dachte sie. Oder trägt die Hoffnung ein verborgenes Wissen um ihre Erfüllbarkeit in sich?

Valentinas Blick wurde von einem jungen Liebespaar angezogen, das in einer Ecke des Cafés saß. Die beiden schauten sich unentwegt lächelnd in die Augen, als wären sie allein auf der Welt. Hat die Liebe sie gefunden, fragte Valentina sich, oder suchen sie nur nach einem Menschen, der sie von ihrer Einsamkeit ablenkt? Bin *ich* einsam? Ja, das bin ich. Vielleicht, weil irgendwo in der Welt ein Mensch ist, der mir sehr fehlt. Ein ganz bestimmter. Ein für mich bestimmter.

Unverhoffte Gesellschaft

Valentina saß noch nicht lange im halbgefüllten, geschmackvoll eingerichteten Restaurant Renoir, als ein Mann eintrat, der ihr sofort ins Auge fiel. Er war mittelgroß, schlank und mochte Ende Dreißig sein. Hatte ein markantes Gesicht und welliges, fast schulterlanges Haar. Leger, aber nicht nachlässig gekleidet, strahlte er eine natürliche Freundlichkeit aus.

Er blickte sich im Restaurant um. Als sein Blick auf Valentina fiel, ging er zu ihrem Tisch und lächelte sie an. »Hallo! Sind Sie die Frau, die für den romantischen Steckbrief verantwortlich ist, der überall in der Innenstadt hängt?«

»Ja. Haben Sie mich heute mittag angerufen?«

»Ja. Mir drohte zu Hause die Decke auf den Kopf zu fallen. Darf ich mich vielleicht zu Ihnen setzen? Wenn Sie lieber allein warten wollen, nehme ich natürlich einen anderen Tisch.«

»Nein, setzen Sie sich ruhig! Vielleicht bringen Sie mir Glück.«

»Ich heiße Raphael«, stellte der Mann sich vor, nachdem er ihr gegenüber Platz genommen hatte.

»Valentina.«

»Warum suchen Sie diesen Mann? Wenn ich zu neugierig bin, bremsen Sie mich!«

Valentina empfand Raphaels Interesse nicht als unangenehm. Er wirkte sympathisch, und sie verspürte den Wunsch, sich mitzuteilen. »Wir hatten gestern nachmittag einen kurzen, aber intensiven Blickkontakt. Ich saß in einem Zugabteil, er stand direkt vor mir auf dem Bahnsteig. Ich war zu gebannt, um aus dem Zug zu steigen und einfach zu ihm zu gehen. An der nächsten Station bin ich zurückgefahren, um ihn zu suchen.«

»Einfach so?«

»Einfach so! An welchem Tisch saß er hier letzte Woche? Wie wirkte er?«

»Dort, an dem hinteren Fenstertisch. Wie wirkte er? Vielleicht ein bißchen nachdenklich. Was versprechen Sie sich davon, ihn zu finden?«

»Keine Ahnung. Ich weiß nur, daß ich es versuchen muß. Ich würde mir sonst irgendwann vorwerfen, etwas ganz Wichtiges versäumt zu haben.«

»Sie folgen einem Impuls Ihres Herzens?«

»Ja.«

»Ohne zu wissen, ob dieser Mann Sie überhaupt wiedersehen will?«

»Stimmt, das weiß ich nicht. Aber ich glaube es. Ich hoffe es.«

»*Was* hoffen Sie?«

»Daß ich ihm wieder in die Augen sehen kann.«

»Mehr nicht?«

»Ist das nicht genug?«

»Ich glaube, Sie erhoffen sich mehr.«

»Mag sein.«

»Wie lange wollen Sie ihn suchen?«

»Solange ich das Gefühl habe, daß ich ihn finden kann.«

»Müssen Sie nicht arbeiten?«

»Nur zweimal in der Woche. Ich kann mich kurzfristig vertreten lassen.«

»Wohin wollten Sie mit dem Zug fahren, aus dem Sie zu spät ausgestiegen sind?«

»Ich kam von meiner Geburtstagsfeier bei meinen Eltern und war auf dem Weg nach Hause.«

»Herzlichen Glückwunsch nachträglich!«

»Danke!«

»Ihre Geburtstagsfeier war bestimmt schön.«

»Ja, sie war wirklich schön.«

»Und die Begegnung mit dem Mann auf dem Bahnsteig war so etwas wie ein verspätetes Geburtstagsgeschenk?«

»Ja«, sagte Valentina. »Vielleicht das größte.«

»Er muß viel in Ihnen ausgelöst haben.«

»Das hat er. Er hat etwas in mir aus einem tiefen Schlaf erweckt.«

»Was wird sein, wenn Sie ihn *nicht* finden? Wird Sie das traurig machen?«

»Ich denke schon.«

»Sehr?«

»Ja. Vielleicht sehr.«

»Und was dann?«

»Dann werde ich zurückfahren. Nach Hause. Ich kann ihn ja nicht ewig suchen. Aber ich werde ihm dankbar sein. Dafür, daß er mir geholfen hat, wieder mehr ich selbst zu sein.«

Raphael nickte. Er lächelte, aber sein Blick wirkte ernst.

Gegen zehn Uhr verließ Valentina das Restaurant. Raphaels Angebot, sie zu ihrem Hotel zu begleiten, lehnte sie ab. Sie wollte am liebsten allein sein. Allein mit ihrer Enttäuschung darüber, daß der Mann nicht gekommen war.

Mittwoch

Lebe das Lebenswerte,
das dich inspiriert
und dir Glück schenkt.
Gehe dir auf den Grund,
erkenne dein wahres Wesen –
und lebe wesentlich.

Eine seltsame Schwäche für Romantik

An einem Kiosk kaufte Valentina die örtliche Tageszeitung, um nach ihrer Anzeige zu suchen. Und da war sie! Mit einem Druckfehler! Es stand da nämlich nicht: »Unsere Blicke fanden sich ...«, sondern: »Unsere Blikke banden sich ...«. Valentina fand, daß diese Sinnveränderung ihrer Anzeige keinen ernsthaften Schaden zugefügt hatte. Und hoffte, daß der, dem sie galt, Kontaktannoncen in der Zeitung las.

Plötzlich kamen ihr Zweifel, daß ihre Suche Erfolg haben würde. Vielleicht, weil ihre Anzeige so klein und verloren in der Menge der anderen Inserate aussah?

Sie brauchte einige Minuten, um ihre Zuversicht zurückzugewinnen. Wenn ich nicht daran glaube, diesen Mann zu finden, sagte sie sich, kann ich gleich nach Hause fahren.

In diesem Augenblick klingelte ihr Handy. Hastig zog sie es aus ihrer Umhängetasche. »Hallo?«

»Hallo! Ich habe eben deine Anzeige gelesen. Ich bin der Mann, den du suchst.«

Valentinas Herzschlag beschleunigte sich. Sie hatte ihn gefunden! Und wußte nicht, was sie sagen sollte.

»Hallo? Bist du noch da?«

»Ja ... Ich bin nur überrascht.«

»Hast du jetzt Zeit?«

»Ja ... Doch, ja.«

»Gut! Dann komm doch einfach vorbei«, sagte er in selbstbewußtem Ton. Nannte ihr seinen Namen und seine Adresse.

»Ja. Ich komme dann gleich.«

»Gut. Ich warte auf dich!«

Aufgeregt zog Valentina den Stadtführer aus der Tasche und suchte nach einer Taxirufnummer. Sie fühlte sich glücklich und erleichtert, weil sie ihn gefunden hatte. Aber sie war auch befremdet und enttäuscht darüber, daß er so einsilbig und kurz angebunden gewesen war. Auch seine Stimme hatte sie sich ganz anders vorgestellt. Nicht so nüchtern, so gefühllos. Andererseits – was gab es schon zu reden? Es kam darauf an, sich zu sehen! Allerdings gleich bei ihm zu Hause? Ein Café wäre ihr lieber gewesen. Am liebsten jedoch der Bahnsteig, auf dem er gestanden hatte. Um nachzuholen, was sie am Montag versäumt hatte. Aber sie war nicht geistesgegenwärtig genug gewesen, einen anderen Treffpunkt vorzuschlagen. Geistesgegenwart war nicht eine ihrer Stärken.

Sie schob ihre Verunsicherung beiseite und bestellte sich ein Taxi.

Eine Viertelstunde später klingelte sie an der Haustür eines modernen weißen Mehrfamilienhauses. Während sie die Stufen zu der Wohnung im zweiten Stock hinaufging, fragte sie sich: Was wird passieren, wenn wir uns wieder in die Augen sehen? Werde ich die gleiche Intensität, den gleichen Zauber empfinden?

Die Wohnungstür öffnete sich. Valentina war es, als

würde ihr der Boden unter den Füßen weggezogen. Da stand nicht der Mann, dessen Blick sie fasziniert und gebannt hatte! Sondern ein grinsender Typ um die Vierzig, ein bißchen korpulent, mit einem gewöhnlichen Gesicht und einer Dreiviertelglatze.

Erschreckt und enttäuscht trat sie einen Schritt zurück.

Der Mann hielt sie am Oberarm fest. »He, willst du schon gehen? Du bist doch gerade erst gekommen!«

»Sie tun mir weh! Lassen Sie mich los!«

Er grinste noch immer. »Wollen wir nicht die Spielchen lassen und zur Sache kommen?«

»Was wollen Sie von mir? Warum haben Sie mich angerufen?«

»Ja, warum wohl? Bestimmt nicht zum Händchenhalten. Letzte Woche war eine hier, die ein ähnliches Inserat wie du aufgegeben hat. Deins ist besser, da ist richtig Romantik drin! Ich hab eine Schwäche für Romantik.«

»Lassen Sie mich sofort los! Sie haben meine Annonce total mißverstanden!«

Nach kurzem Zögern gab der Mann Valentinas Arm frei. Sie lief die Stufen hinunter und eilte aus dem Haus. Ließ sich in ihrer Enttäuschung ziellos durch die Straßen treiben.

Warum habe ich mir eigentlich etwas zu essen bestellt, fragte sie sich, als sie in einem Bistro saß. Ich hätte wissen müssen, daß ich keinen Bissen runterkriege. Der Kerl hat mich tatsächlich für eine Prostituierte gehalten! Warum war ich auch so blauäugig, zu ihm zu fahren? Sein Tonfall, seine Einsilbigkeit hätten mich warnen sollen. Das wird mir nicht noch mal passieren! Beim nächsten Mal werde ich vorsichtiger sein, nach Details fragen. Wie konnte ich nur so naiv sein? Glücklicherweise ist das glimpflich ausgegangen. Ich darf mich aber davon nicht entmutigen lassen. Und werde weitersuchen ... Wäre ich doch sofort ausgestiegen! Zeit genug dazu hätte ich gehabt. Aber manchmal bekommt man eine zweite Chance. Ich werde ihn finden! Vielleicht ruft er mich ja bald an. Oder ich sehe ihn heute abend im Restaurant Renoir ... Raphael hat mich gestern gefragt, ob er mir heute noch mal Gesellschaft leisten darf, um mich beim Warten zu unterstützen. Geteilte Hoffnung ist doppelte Hoffnung, sagte er. Geteilte Wartezeit ist halbe Wartezeit, hoffe ich.

Valentina besucht Vanessa

Als Valentina am Nachmittag durch die Straßen der Innenstadt streifte, befielen sie aus heiterem Himmel Zweifel am Erfolg ihrer Suche. Sie griff spontan nach ihrem Handy und rief Vanessa an.

»Hallo, Valentina! Na, hast du ihn gefunden?«

»Nein, aber ich habe jetzt eine Spur! Er ißt öfter im Restaurant Renoir. Gestern abend war ich dort. Heute abend werde ich wieder hingehen. Im Moment habe ich allerdings das Gefühl, daß ich hier etwas ziemlich Dummes tue.«

»Wieso? Du folgst deiner inneren Stimme, das ist nicht dumm.«

»Ja, aber im Moment hab ich Zweifel, daß ich ihn finde. Aber ich werde sie schon vertreiben.«

»Hast du Lust, mich zu besuchen? Ich habe gerade Zeit, eine Schülerin hat kurzfristig abgesagt. Vielleicht kann ich dir beim Zweifelvertreiben helfen.«

»Ja, gern! Sehr gern!«

Vanessa beschrieb den Weg zu ihrer Wohnung und sagte: »Alles wird gut!«

»Hoffentlich«, erwiderte Valentina.

»Ich habe deine Zeitungsannonce gelesen«, sagte Vanessa und trank einen Schluck von dem grünen Tee, den sie vorbereitet hatte.

»Ja? Findest du wirklich nicht, daß ich ein bißchen verrückt und unvernünftig bin?«

»Ach, was! Die meisten Menschen sind vernünftig, aber glücklich wirken sie dabei nicht.«

»Hoffentlich kommt er heute ins Restaurant Renoir!«

»Woher weißt du eigentlich, daß du ihn da finden kannst?«

»Gestern hat mich ein Mann angerufen, der ihn in letzter Zeit ein paarmal dort gesehen hat.«

»Das ist doch gut! Ich drück dir die Daumen, daß er kommt.«

»Danke, Vanessa.«

»Und was hast du heute so gemacht?«

Valentina zog es vor, Vanessa nichts von der peinlichen Begegnung mit dem pervers-romantischen, dreiviertelglatzköpfigen Hurenbock zu erzählen, weil sie sich ihrer Naivität schämte. »Nichts Besonderes«, antwortete sie also. »Ich bin durch die Straßen getigert, habe in einem Bistro gesessen, bin wieder durch die Straßen getigert und habe nachgedacht. Über mich. Über meine Vergangenheit. Über die Liebe.«

»Über die Liebe?«

»Ja. Ich dachte an die beiden Männer, die ich einmal geliebt habe. Der erste war untreu und unehrlich. Ein gutaussehender, charmanter Schürzenjäger und Lügner, der geliebt und bewundert werden wollte, ohne fähig zu sein, selbst Liebe und Bewunderung zu schenken. Ein verlogener Mensch. Es ist mir ein Rätsel, daß ich ihn lieben konnte. Daß ich vier Jahre brauchte, um ihn zu durchschauen und mich von ihm zu trennen. Und noch ein weiteres Jahr, um den Schaden halbwegs in Ordnung zu bringen, den er in meiner Seele angerichtet hatte.«

»Wie alt warst du, als du ihn kennengelernt hast?«

»Gerade mal siebzehn.«

»Oh je. Und was war mit dem anderen Mann?«

»Den traf ich, als ich dreiundzwanzig war. Er war eigentlich gar nicht mein Typ. Aber er war treu und zuverlässig. Er war ehrlich und hat mich sehr geliebt. Er wollte mich heiraten, mit mir eine Familie gründen, Kinder großziehen. Er hieß Lars und war Architekt. Machte Pläne für das Haus, das er für uns am Stadtrand bauen wollte, mit zwei Kinderzimmern. Er hat mich mehrmals gefragt, ob ich ihn heiraten möchte. Ich hab mich nie richtig auf dieses Thema eingelassen, aber das hat ihn nicht entmutigt. Er dachte, die Zeit würde uns enger miteinander verbinden. Doch das Gegenteil geschah, zumindest bei mir.«

Valentina seufzte. »Wir waren insgesamt fünf Jahre zusammen. Nach dem ersten Jahr zogen wir in eine gemeinsame Wohnung. Am Anfang lief alles gut. Aber mit den Jahren ... Er schien mich immer mehr zu lieben, aber ich verlor im tagtäglichen Zusammenleben nach und nach meine Gefühle für ihn. Es gab keine großen Krisen, Karambolagen oder Katastrophen, aber eine unaufhaltsam wachsende Ereignislosigkeit und Langeweile. Meine Liebe schlich sich davon, jeden Tag ein bißchen mehr. Lars spürte das und kämpfte dagegen an. Ich selbst kämpfte dagegen an, allein schon, weil ich merkte, wie sehr er darunter litt. Aber ich konnte nichts daran ändern. Konnte es mir nicht einmal erklären. Es geschah einfach. Unaufhaltsam, nicht zu beeinflussen. Irgendwann wurde die Situation unerträglich. Meine damalige beste Freundin zog um und bot mir ihre alte Wohnung an. Ich nahm ihr Angebot an und ließ Lars allein mit seinen zerplatzten Plänen und Hoffnungen. Einmal, kurz bevor ich auszog, wurde er furchtbar wütend. Brüllte mich an, nannte mich eine herzlose, verantwortungslose Egoistin. Und warf mir noch Schlimmeres an den Kopf. Ich war ihm fast dankbar dafür, daß er mich so schrecklich beschimpfte. Das befreite mich irgendwie von der Last meines schlechten Gewissens. Er wolle mich nie wiedersehen, schrie er. Und so kam es dann auch. Ich habe keine Ahnung, was er heute macht und wie es ihm geht. Ich hoffe, er hat eine Frau gefunden, die mit ihm seinen Traum von einer Familie lebt. Ich wünsche es ihm wirklich. Er hat mir nie etwas Böses angetan … Nach der Trennung von ihm begann ich an der Liebe zu zweifeln. Denn sie hatte mich verlassen, ohne daß es einen triftigen Grund dafür gab. Ja, ich zweifelte an der Liebe. Zumindest an dem Bild, das ich von ihr hatte.«

»Was für ein Bild hattest du denn?« fragte Vanessa.

»Ein ziemlich romantisches. Ich glaubte an einen für mich bestimmten Mann, mit dem ich mein ganzes Leben verbringen würde. Wo und wie auch immer. Hauptsache, mit ihm. Doch irgendwann fragte ich mich, ob mein Bild mit der Wirklichkeit übereinstimmte. Da doch so viele Paare von ihren *Lebensabschnitts-*

partnern sprechen, als sei von vornherein klar, daß ihre Liebe nach einer Weile enden wird. Zwei sogenannte Lebensabschnittspartner habe ich gehabt, und ich will keinen dritten. Ich träume wohl noch immer von einer Liebe, die nicht an Lügen zerbricht oder sich aus unerfindlichen Gründen nach und nach in Luft auflöst. Ich sehne mich nach einem Feuer, das nie zu dem Glimmen wird, an dem viele Paare sich notdürftig wärmen und mit dem sie sich zufriedengeben – aber nicht mehr in der Welt der Liebe leben. Doch ich zweifle an der Erfüllbarkeit meiner Sehnsucht.«

»Diesen Traum von dem Einen und Einzigen hatte ich auch. Früher ... Ich glaube, viele Frauen haben diesen Traum, bis er von ihren Erfahrungen zerstört wird.«

»Ich dachte, daß auch mein Traum zerstört war. Bis ich den Mann auf dem Bahnsteig sah. Als unsere Blicke sich trafen, wurde mein Traum wieder heil. Auch wenn ich das erst später erkannte. Haben deine Erfahrungen auch deinen Traum zerstört?« fragte Valentina.

»Nein, das habe ich selbst gemacht. Ich fand den Mann, den ich immer schon gesucht hatte. Mit uns, das war einfach wunderbar! Wir waren unglaublich verliebt und wollten uns eine gemeinsame Wohnung suchen, weil wir ohnehin ständig zusammenwaren. Es war das wahre Glück! Ich habe es aufs Spiel gesetzt – und verloren.« Vanessa seufzte. »Ich war so dumm, ich war ... ach, ich war einfach ... Es ist jetzt zwei Jahre her. Er war damals anderthalb Wochen lang aus beruflichen Gründen unterwegs. Ich gab in dieser Zeit ein kleines Konzert bei einer vornehmen privaten Geburtstagsfeier. Unter den Gästen war ein Mann, der mir sofort angenehm auffiel. Nach meinem Konzert begann er mit mir zu flirten, und ich ging darauf ein. Ohne es wirklich zu wollen, verlor ich die Kontrolle über meine Gefühle und ließ mich von ihm verführen. Na ja, halb zog er mich, halb sank ich hin. Wir landeten in meinem Bett. Es war gut, richtig gut, aber ich wollte es auf jeden Fall dabei belassen. Einmal ist keinmal. Aber als er am Abend darauf mit Blumen vor meiner Tür stand, konnte ich ihn einfach nicht wegschikken. Und wir waren eine zweite Nacht zusammen. Am nächsten Morgen sagte ich ihm, daß es vorbei ist. Endgültig.«

»Moment! Du warst glücklich mit dem Mann deines Lebens und hast mit einem anderen geschlafen?«

»Ja, hab ich. Vielleicht gerade, weil ich so glücklich war – auch wenn sich das komisch anhört. Und es war schön. Aber es war falsch. Es war der größte Fehler meines Lebens. Ich habe es als einen Ausrutscher betrachtet oder einen doppelten von mir aus. Und dann wollte ich es beenden wie ein Buch nach dem zweiten Kapitel. Doch diese Affäre ließ sich nicht so leicht schließen wie ein Buch. Mein charmanter Verehrer mutierte zu einem furchtbaren Psychoterroristen. Er machte mir eine schlimme Szene am Telephon und beschimpfte mich. Bombardierte mich rund um die Uhr mit Anrufen und Besuchen. Klingelte wie ein Wahnsinniger an meiner Tür. Er wollte einfach nicht verstehen, daß es vorbei war. So ging das fast eine Woche lang.

Endlich hörte der Terror auf. Zwei Tage vor der Rückkehr meines Liebsten. Ich nahm mir vor, ihm nichts davon zu sagen.«

»Warum?«

»Ich konnte nicht einschätzen, wie er darauf reagieren würde. Ich hatte wahnsinnige Angst, daß er sich von mir zurückzieht. Daß ich ihn verliere.«

»Ich verstehe das irgendwie nicht. Weshalb hast du dich überhaupt auf diese Affäre eingelassen?«

»Das hab ich mich schon zigmal gefragt. Vielleicht fühlte ich mich an diesem Abend ein bißchen einsam. Obwohl ich glücklich war. Ja, ich weiß, das ist ein Widerspruch. Aber Gefühle können ganz schön widersprüchlich sein. Sicherlich war ich zu impulsiv und leichtsinnig. Und hatte zuviel Champagner getrunken. Im Grunde war ich einfach nur dumm. Und Dummheit wird bestraft ... Mein Liebster kam von seiner Reise zurück. Vier Tage lang sah es so aus, als wäre ich noch mal davongekommen. Als könnte ich meinen Seitensprung in einem dunklen Winkel meiner Seele verstekken. Doch dann lauerte dieser Mann uns vor meiner Haustür auf und machte uns eine Szene auf offener Straße. Ich hätte zwei heiße Nächte mit ihm verbracht und ihn dann eiskalt abserviert. Ich tat so, als würde ich ihn nicht kennen, und beschwor meinen Liebsten, ihn nicht ernstzunehmen. Ein Verrückter, sagte ich, es werden täglich mehr, laß uns einfach weitergehen. Und wir ließen ihn stehen. Ich glaubte schon, es sei ausgestanden. Doch dann rief der Mann mir etwas hinterher.«

»Was rief er?«

»Dein Muttermal am Steißbein ist wirklich süß!«

»Oh je!«

»Ich hatte das Gefühl, in ein bodenloses Loch zu fallen. Mir wurde schwindelig, ich konnte mich kaum noch auf den Beinen halten ... Ich habe meinem Liebsten dann alles gebeichtet und ihn um Verzeihung gebeten. Er war total schockiert. Sprachlos. Ich flehte ihn an, doch etwas zu sagen. Sein Schweigen erstickte mich fast. Schließlich sagte er, er brauche Zeit. Ich gab sie ihm. Ich hätte ihm alles gegeben, um meinen Fehler wiedergutzumachen. Er brauchte vier Tage, um herauszufinden, daß er mir nicht verzeihen konnte. Daß es keine Hoffnung mehr gab. Ich sah in seinen Augen, daß ich ihn verloren hatte. Ich hatte seine Liebe zu mir zerstört.«

Valentina wußte nicht, was sie sagen sollte.

»Ich liebe ihn noch immer, und ich habe mir bis heute nicht verziehen.«

»Du solltest dir verzeihen, Vanessa! Was bringt es, wenn du dich mit Selbstvorwürfen quälst? Es ist so geschehen, wie es geschah. Du mußt es hinter dir zurücklassen.«

»Ich weiß, daß ich das muß. Mein Verstand hat es mir oft genug gesagt. Aber mein dummes Herz hat es immer noch nicht begriffen ... Vor drei Wochen hab ich ihn zufällig in der Innenstadt gesehen. Er hat mich nicht bemerkt. Soviel Zeit ist inzwischen vergangen, doch es tut mir furchtbar weh, ihn zu sehen ... Ich weiß nicht, ob ich damit überhaupt jemals ... Ich wußte vorher gar nicht, was Trauer ist. Das Leben hat mir ein wunderbares Geschenk gemacht, hat mir die Liebe meines Lebens geschenkt, und ich … ich habe alles kaputtgemacht. Vanessa, die größte Idiotin aller Zeiten!« Sie gab ein Geräusch von sich, das wie ein bitteres Lachen klang, und verfiel in Schweigen.

»Wie lange wart ihr schon zusammen, als das passierte?« fragte Valentina, um die beklemmende Stille zu durchbrechen.

»Fast ein Jahr lang. Die schönste Zeit meines Lebens. Weißt du, es ist nicht leicht, einem anderen Menschen zu verzeihen. Aber es ist noch viel schwerer, sich selbst zu verzeihen. Manchmal habe ich mich gehaßt. Für meinen Leichtsinn. Für meine Dummheit. Für meine Unfähigkeit, das Glück zu schützen, das ich gefunden hatte.«

»Haßt du dich immer noch dafür?«

»Diese Anfälle von Selbsthaß vergingen mit der Zeit. Glücklicherweise. Doch die Traurigkeit ist geblieben. Sie ist nicht mehr so stark wie damals, aber manchmal macht sie mir noch sehr zu schaffen.«

»Irgendwann wird sie dich in Ruhe lassen. Eines Tages wirst du sie überwunden haben … Wie hast du ihn eigentlich kennengelernt?«

»Du wirst lachen: in einer Bahnhofshalle. Er saß in einem Zug. Ich stand auf dem Bahnsteig, nur ein paar Schritte von ihm entfernt. Und unsere Blicke begegneten sich.«

»Du hast das gleiche wie ich erlebt?«

»Ja, bloß mit vertauschten Rollen. Und auch nur bis

zu diesem Punkt. Denn er stand auf, nahm seine Reisetasche und stieg aus dem Zug. Kam einfach zu mir. Mit einem Lächeln, das ich nie vergessen werde. Fragte mich, wohin ich fahren wolle. Ich fragte ihn, warum ihn das interessiere. Weil er mich gern dorthin begleiten würde, sagte er. So begann unsere Liebe. So außergewöhnlich, wie sie war.«

»Wohin seid ihr an diesem Tag gefahren?«

Vanessa stand auf, ging zu ihrem weißen Flügel und spielte im Stehen eine zarte Melodie, die sie abrupt beendete. »Nirgendwohin. Wir blieben in dieser Stadt, spazierten durch die Straßen, saßen auf einer Parkwiese im Sonnenschein, aßen in einem Restaurant und kamen uns von Minute zu Minute näher. Es ging alles ganz schnell, und trotzdem war nichts übereilt. Wir trugen Siebenmeilenstiefel auf dem Weg zueinander. Abends nahmen wir uns ein Hotelzimmer. Am nächsten Morgen waren wir ein Liebespaar. Nach dem Frühstück fuhren wir nach Hause.«

»Zu wem nach Hause?«

»Zu uns beiden. Wir stellten fassungslos fest, daß wir in derselben Stadt wohnten, und das schon seit Jahren. Aber wir hatten eine andere Stadt gebraucht, um uns zu finden.«

»Jetzt verstehe ich, warum du so hilfsbereit zu mir warst.«

Vanessa nickte. »Deine Geschichte war meiner so ähnlich, daß ich mich sofort mit dir identifiziert habe. Ich habe mich in dir wiedergefunden. Ich wünschte dir, daß du ein solches Glück findest, wie ich es damals gefunden habe. Ich hatte das Gefühl, daß du es besser behandeln würdest, als ich meins behandelt habe.«

Valentina stand auf, ging zu Vanessa und umarmte sie.

Der Mann mit dem Engelsnamen

»Er kommt heute wohl nicht mehr«, sagte Valentina enttäuscht, nachdem der Kellner den Tisch abgeräumt hatte.

»Morgen kommt er bestimmt«, prophezeite Raphael.

»Woher wissen Sie das?«

»Ich weiß es nicht. Ich will Ihnen nur Mut machen.«

»Finden Sie, daß ich Ermutigung brauche?«

»Wir alle brauchen das.«

»Sie auch?«

»Ja, natürlich.«

»Wie könnte ich Sie ermutigen?«

»Sie ermutigen mich, ohne daß Sie etwas dazu tun müssen.«

»Das klingt nach einem Kompliment.«

»Kompliment und Wahrheit schließen sich nicht gegenseitig aus.«

»Raphael ...«, sagte sie. »Der Name hört sich biblisch an.«

»Er stammt aus dem Hebräischen und bedeutet: Heiler mit Gottes Hilfe. Raphael ist ein Erzengel, der freundlichste und lustigste in der Engelschar. Sein sonniges Gemüt hat er, weil er als Regent der Sonne gilt. Er ist ein Schutzengel – und ein guter Schiffskonstrukteur.«

»Schiffskonstrukteur?«

»Ja, denn es heißt, er habe Noah die Anleitung zum Bau der Arche gegeben.«

»Also hat die Menschheit ihm zu verdanken, daß sie nicht in der Sintflut umgekommen ist.«

»Zumindest hat er dazu beigetragen. Was bedeutet eigentlich Valentina?«

»Ist die weibliche Form von Valentin. Valentin bedeutet: der Starke. Demnach müßte ich stark sein. Was ich aber nicht unbedingt bin.«

»Vielleicht sind Sie stärker, als Sie glauben ... Was halten Sie davon, wenn wir uns duzen? Es fällt mir zunehmend schwer, Sie zu siezen. Es ist nicht ehrlich.«

»Warum nicht ehrlich?«

»Weil ich nicht die Distanz zu Ihnen empfinde, die das Siezen ausdrücken soll.«

»Und wenn ich sie empfinde?«

»Das hoffe ich nicht. Aber wenn es so ist, darf ich Sie wenigstens duzen? Sie können mich ja weiterhin siezen.«

Valentina mußte lachen. »Okay, lassen wir das Siezen ... Womit verdienst du eigentlich deinen Lebensunterhalt? Ich kann mir schwer vorstellen, daß du in einem Büro vor einem Monitor sitzt.«

»Ich sitze zwar nicht in einem Büro, sondern zu Hause, aber vor einem Monitor schon. Ziemlich oft. Ziemlich lange. Ich schreibe.«

»Was schreibst du?«

»Romane.«

»Oh! Wovon handeln sie?«

»Die meisten handeln von Menschen, die nach dem Glück suchen.«

»Und finden sie es?«

»Meistens schon, aber leicht ist ihre Suche nie. Und nicht selten ist das Glück ganz anders, als sie es sich vorgestellt haben.«

»Warum?«

»Weil das Glück oft jenseits unserer Vorstellungen liegt und uns völlig überrascht. Jeder kennt die Binsenweisheit, daß wir erst wissen, was wir hatten, wenn wir es verloren haben. Weniger bekannt, aber ebenso wahr ist: Wir wissen erst, wonach wir uns sehnen, wenn wir es gefunden haben.«

»Geht es in Ihren – in deinen Romanen auch um die Liebe?«

»Ja. Meine Romanfiguren, die das Glück suchen, sind meistens auf der Suche nach Liebe. Sie hoffen darauf, daß sie ihre Sehnsüchte erfüllt, daß sie ihnen Freude und Geborgenheit schenkt.«

»Was bedeutet Liebe für dich?«

»Lebensreichtum«, sagte Raphael ohne Zögern. »Man kann ohne Liebe existieren, aber es ist eine dürftige Existenz. Ein Dasein ohne Pracht, ohne Glanz, ohne Intensität. Ein Leben ohne Schönheit und Zauber, vielleicht auch ohne Sinn.«

»Ich empfinde das genauso. Aber warum schafft die Liebe soviel Leid, soviel Verzweiflung und Leere? Warum scheitert sie so oft?«

»Zum Beispiel, weil wir zu hohe Ansprüche an den anderen stellen. Er soll uns glücklich machen, das wünschen wir uns. Dabei sollte es uns schon glücklich machen, daß wir den anderen lieben. Aber viele Menschen wollen geliebt werden, nicht lieben. Selbst zu lieben ist ihnen zu riskant. Sie könnten ja verletzt und gedemütigt werden. Ihr heiliges Ego könnte leiden ... Er scheint heute wirklich nicht mehr zu kommen.«

»Vielleicht kommt er ja in der nächsten Minute hereinspaziert«, sagte Valentina.

»Wovon lebst du eigentlich?« fragte Raphael.

»Hauptsächlich von meiner Malerei. Nebenbei arbeite ich mittwochs und freitags in einer Bibliothek.«

»Was malst du?«

»Vor allem Menschen. Am liebsten ihre Gesichter.«

»Warum?«

»Weil sie mich mehr reizen als alle anderen Motive. Manchmal spaziere ich durch die Stadt und sehe ein Gesicht, das mich fasziniert. Ich betrachte es genau, präge mir seine Züge ein. Mache ein mentales Photo von ihm, und dann gehe ich nach Hause und male es.«

»Was bedeutet dir das Malen?«

»Sehr viel. Es schenkt mir Freude. Wenn ich male, fühle ich mich gut. Vergesse alles um mich herum. Jedes neue Bild, das ich beginne, ist eine Herausforderung, ein Abenteuer ... Eigentlich habe ich zu spät angefangen zu malen.«

»Warum?«

»Zu wenig Selbstvertrauen. Ich bin als Mädchen jahrelang in Museen und Ausstellungen gegangen und habe mir Hunderte von Bildern angesehen. Diese Besuche haben mich traurig gemacht, richtig deprimiert.«

»Deprimiert?«

»Ja, denn ich spürte, daß diese Gemälde eine Welt waren, von der ich mich ausgeschlossen fühlte, in der ich aber so gern gelebt hätte. Die Welt der Kunst. Ich hätte so gern selbst gemalt, habe es mir aber nicht zugetraut. Ich habe lange gebraucht, bis ich mir endlich eine Leinwand, Pinsel und Ölfarben kaufte und mein erstes Bild malte. Es war ein innerer Kampf. Am Ende siegte mein Drang zu malen über meine Befürchtung, daß mein Talent nicht ausreicht. Daß ich meinen Ansprüchen nicht genügen kann. Heute fühle ich mich als ein Teil dieser Welt, die mir so lange verschlossen schien. Seitdem bin ich ein zufriedenerer Mensch.«

»Ich würde deine Bilder gern mal sehen!«

»Mein Atelier ist immer offen für interessierte Gäste.«

»Ich werde auf das Angebot zurückkommen.«

»Vielleicht gefallen dir meine Bilder gar nicht.«

»Warum sollten sie mir nicht gefallen?«

»Wenn du zum Beispiel von einem Bild mehr erwartest als Schönheit. Das einfach nur Schöne wird im Kunstbetrieb nicht ernstgenommen oder mit gerunzelter Stirn betrachtet. Was soll Schönheit in einer Welt, die in Häßlichkeit versinkt? Weltfremd sei das, was ich male, sagte mir neulich ein Kunstkritiker, verträumt und blauäugig. Ich male angeblich altmodisch, anachronistisch, ohne innere Spannung, ohne einen Schimmer des Tragischen, Desolaten und Dramatischen, das unser Leben bestimmt. ›Dekorationsobjekte einer heilen Welt‹ nannte der Kritiker meine Gemälde,

›Kindergelächter in einer Trümmerlandschaft‹. Er gab mir den Rat, ich solle mir Photos anschauen, auf denen Mord und Totschlag, Elend und Hunger abgebildet sind. Kindersoldaten mit Gewehren in den Händen, verhungernde Babys, solche Bilder solle ich mal auf mich wirken lassen und sie dann interpretieren. Damit würde ich mehr Aufmerksamkeit auf meine Arbeit ziehen und letztlich mehr Bilder verkaufen. Vielleicht hat er ja recht, aber ich kann nicht berechnend malen. Ich kann nur malen, was meine Hände malen wollen.«

»Ich teile nicht die Ansicht dieses Kritikers. Gerade weil die Welt in Häßlichkeit versinkt, braucht sie schöne Kunst. Ich glaube, deine Bilder werden mir gefallen.«

»Und ich würde gern mal ein Buch von dir lesen.«

»Ich hab dir ganz zufällig eins mitgebracht. Einen Roman über eine Frau, die von heute auf morgen beschließt, endlich ihr eigenes Leben zu leben.« Raphael zog ein Buch aus der Seitentasche seiner Jacke und legte es auf den Tisch. »Ich möchte es dir schenken.«

Valentina nahm es mit einem überraschten Lächeln in die Hände. »Oh, danke! Ich werde bald anfangen, es zu lesen. Hab ja momentan viel Zeit.«

Raphael erwiderte ihr Lächeln, wirkte dann aber unvermittelt nachdenklich. Er schien etwas sagen zu wollen, das er dann aber doch nicht aussprach.

»Ist was?«

»Wieso?« fragte er zurück.

»Ich hatte gerade das Gefühl, als läge dir etwas auf der Zunge.«

»Ja … Lassen wir es einfach dort liegen. Es wäre der falsche Zeitpunkt.«

»Der richtige wird schon kommen«, sagte Valentina.

Raphael nickte.

Es erschienen an diesem Abend noch etwa ein Dutzend Gäste im Restaurant, aber nicht der junge Mann, auf dessen Kommen Valentina hoffte. Gegen elf verließ sie gemeinsam mit Raphael das Lokal. Sein Angebot, sie zum Hotel zu begleiten, lehnte sie auch diesmal ab. Allein schon, um ihm keine falschen Hoffnungen zu machen. Valentina haßte es, Menschen enttäuschen zu müssen. Vor allem, wenn sie so freundlich und sympathisch waren wie der Mann mit dem Engelsnamen.

Donnerstag

Sei zuversichtlich und geduldig!
Das Leben weiß, was du wirklich brauchst,
und wird es dir geben.
Vielleicht nicht so schnell,
wie du dir wünschst,
vielleicht auch in ganz anderer Weise,
als du dir vorstellst.
Solange du deine Hoffnung nicht aufgibst,
Glück zu finden,
wird das Leben dich nicht aufgeben.

Eine wunderbare Wirklichkeit

Gleich nach dem Frühstück rief Valentina ihre Kollegin Marlis an und bat sie darum, sie am Freitag in der Bibliothek zu vertreten. Diese Bitte schien Marlis nicht sonderlich gelegen zu kommen, aber da Valentina neulich einmal kurzfristig und klaglos für sie eingesprungen war, konnte sie nicht nein sagen.

Die nächste Stunde verbrachte Valentina damit, ein weiteres Mal ziellos durch die ihr immer vertrauter werdenden Straßen der Stadt zu spazieren, bis sie vor derselben Bank in dem Kirchgarten stand, auf der das Ziel ihrer Suche gesessen hatte. Sie setzte sich darauf und zog Raphaels Buch aus der Tasche.

Es erzählte von Sophie, einer jungen Frau, bei der Brustkrebs diagnostiziert wird. Der Schock macht ihr bewußt, was sie immer wieder verdrängt hat: daß sie mit achtzehn ihren Weg verloren und in den letzten sieben Jahren an sich selbst vorbeigelebt hat. Sie stürzt in grenzenlose Verzweiflung. Auf Drängen ihrer besten Freundin hin läßt sie sich drei Tage nach der Diagnose von einem anderen Arzt untersuchen. Der ihr ein paar Tage später versichert, daß sie völlig gesund ist. Es stellt sich heraus, daß ein Defekt des Röntgengeräts bei der ersten Untersuchung zu einer Fehldiagnose geführt hat. Alles ist also wieder gut, aber nichts ist mehr wie vorher. Und es kann auch nicht mehr so weitergehen. Sophie beschließt, ein neues Leben zu beginnen. Ihr eigenes.

Nach dem vierten Kapitel schloß Valentina das Buch. Die subtile Intensität, mit der Raphael schrieb, seine Art, sich konsequent auf das Wesentliche zu beschränken, beeindruckten sie. Seine Sprache, klar, warmherzig und elegant, gefiel ihr. Sie war gespannt darauf, wie es weiterging. Mit Sophie. Und mit ihr selbst. Sie begann zwar nicht, wie Sophie, ein neues Leben, sondern folgte einem alten Traum. Aber lief es nicht im Grunde auf dasselbe hinaus?

Sie stand auf, steckte den Roman in die Tasche zurück und nahm ihren ziellosen Weg wieder auf. Der sie, wie sie hoffte, bald zu dem Ziel führen würde. Dem Ziel ihres Wunsches, endlich wieder das Licht zu sehen, das in ihrer Seele geleuchtet hatte, als ihr Blick und der Blick des Fremden eins wurden und eine wunderbare Wirklichkeit erschufen, neben der die Welt um sie herum verblaßte.

Der Hungrige

Valentina stand an einer Fußgängerampel und wartete darauf, daß sie auf Grün sprang. Ein Taxi fuhr an ihr vorbei. Und darin saß er! Auf dem Rücksitz. Sie sah ihn nur ganz kurz, nicht mal eine Sekunde lang. Sie rannte dem Auto hinterher. Hoffte, daß es an der nächsten, nicht weit entfernten roten Ampel warten mußte. So lange, daß sie es erreichen und gegen die Scheibe klopfen konnte. Aber die Ampel schaltete zu schnell auf Grün. Das Taxi bog an der Kreuzung links ab, Richtung Bahnhof.

Valentina lief ihm hinterher, so schnell sie konnte. Außer Atem tauchte sie in das Gedränge in der Halle ein. Hetzte von Gleis zu Gleis und suchte ihn. Aber sah ihn nirgendwo. Hielt in dem Restaurant und den beiden Cafés der Bahnhofshalle nach ihm Ausschau. Zeigte sein Portrait zwei Taxifahrern vor dem Bahnhof. Fragte sie, ob einer von ihnen diesen Mann gefahren habe. Kopfschütteln. Schulterzucken.

Erschöpft und enttäuscht ging Valentina in die Bahnhofshalle zurück. Setzte sich in einem Anflug von Schwäche und Mutlosigkeit auf einen der Barhocker, die um die hohen Tische vor einem Schnellimbißstand standen. Blickte auf die Menschen an den anderen Tischen, registrierte ihre Gestik und Mimik. Hörte ihre Worte, als würde sie Szenen eines Films betrachten, der sie nicht interessierte. Auf ihre Umgebung legte sich ein Nebel der Bedeutungslosigkeit, der in ihr eigenes Gemüt einzudringen drohte. Gab sie dem Versuch, den Mann vom Bahnsteig wiederzufinden, vielleicht zuviel Wichtigkeit? Warum war sie zum Bahnhof gerannt, als ginge es um ihr Leben? In gewisser Weise ging es ja wirklich darum, um einen verschütteten Bereich ihres Seelenlebens. Genauer: um seine Freilegung. Aber woher nahm sie eigentlich den Glauben, daß eine Wiederbegegnung mit dem Fremden dies überhaupt bewirken konnte? Vielleicht entlarvte die zweite Begegnung mit ihm nur die tatsächliche Bedeutungslosigkeit der ersten? Ach, Sie sind das, würde er vielleicht sagen, warum haben Sie mich eigentlich so beharrlich angestarrt? Machen Sie das immer so mit fremden Männern? Und dann würde er für immer aus Valentinas Leben verschwinden, in dem er im Grunde nie gewesen war.

Eine laute Stimme schreckte Valentina aus ihren Gedanken auf. Sie gehörte einem nachlässig gekleideten Mann um die Fünfzig, und was er gesagt hatte, wurde ihr erst jetzt richtig bewußt. »Ich habe Hunger!«

»Ich habe Hunger!« rief der Mann jetzt noch einmal. Vorwurfsvoll, bitter, lauter. So laut, daß alle Menschen im Umkreis des Imbißstandes es hören mußten. Und hören sollten. Doch sie taten so, als hätten sie gar nichts mitbekommen. Standen oder saßen, redeten oder aßen weiter, als wäre nichts geschehen. Als wäre ein Mensch, der in einem Wohlstandsland öffentlich seinen Hunger beklagt, ein Unding. Ein Unmensch. Ein Nichtmensch. Nicht vorhanden.

Valentina betrachtete den schlanken, fast hageren Mann genauer. Seine schütteren grauen Haare. Sein vom Überlebenskampf gezeichnetes Gesicht, in dessen Züge sich Unzufriedenheit, Demütigung, aber auch Auflehnung eingenistet hatten. Ein gezeichnetes, vom Leben geohrfeigtes Gesicht, dem das Lächeln für immer vergangen zu sein schien. Die Körperhaltung drückte zugleich Resignation und Trotz aus. Dieser Trotz gab ihm vielleicht die Kraft und Entschlossenheit, mit drei schnellen, energischen, aber nicht bedrohlichen Schritten auf die Gäste des Imbißstandes zuzugehen, um ihnen unmißverständlich deutlich zu machen, daß sie es waren, an die er sich wandte. Weil sie das taten, was er sich nicht leisten konnte: essen.

»Ich habe Hunger!« rief er nun zum dritten Mal. Noch eindringlicher, noch vorwurfsvoller als zuvor. Und diesmal mit einem Funken Wut.

Er stand jetzt nur noch wenige Schritte von einem der äußeren Eßtische entfernt. An dem drei Männer in dunkelblauen Uniformen vor ihren Papptellern mit Geflügel und Pommes frites saßen und weiterhin so taten, als hätten sie nichts gehört oder gesehen.

Ein Reisender um die Fünfzig an einem anderen Tisch, der eine in vier Stücke geschnittene Pizza aß, von der noch zwei Viertel übrig waren, hielt einen Moment inne. Die über die Grenze des Lächerlichen hinaus geschminkte Mittfünfzigerin einen Tisch weiter widmete ihre ganze Aufmerksamkeit einer Zigarette, die sie sich langsam und umständlich anzündete. Als wollte sie Zeit schinden.

Nun schleuderte der Hungrige ein Stöhnen aus sich heraus. Wie einen Stein des Vorwurfs, daß ihn das Leben so stiefmütterlich, so ungerecht und schlecht behandelte. Ein Ächzen, in dem sich eine so beklemmende Hilflosigkeit Luft machte, daß Valentina impulsiv zu ihrer Umhängetasche griff, um ihr Portemonnaie hervorzuziehen.

Der Mann am Nebentisch reagierte schneller. Stand mit unbewegter Miene auf. Zog sich den Trageriemen seiner Reisetasche über die Schulter. Nahm eins seiner beiden Pizzastücke in die eine, den Pappteller mit dem verbliebenen Viertel in die andere Hand. Ging auf den Hungernden zu und gab ihm wortlos den Pappteller mit dem spärlichen Almosen.

Der Bettler sah ihn verblüfft an und ergriff das kleine Pizzaviertel schnell, als habe er Angst, der Reisende könnte es sich anders überlegen. Plötzlich schien er weinen zu müssen. Gab einen gequälten, verdrehten, heulenden Laut von sich, unterdrückte aber seinen Gefühlsausbruch sofort und rief dem zu den Gleisen eilenden Spender nach: »Danke! Danke!«

Schließlich ging er selbst ein paar schnelle Schritte, blieb aber abrupt stehen, drehte sich wieder um, hielt das kleine Pizzastück demonstrativ in die Höhe und rief: »*Ein* Mensch in dieser ganzen Bahnhofshalle hat noch Herz! *Ein einziger* hat noch Herz!«

Dann wandte er mit einem Anflug von Stolz den Gästen des Imbißstands, die weiterhin konsequent seine Anwesenheit ignorierten, den Rücken zu und ging zum Ausgang.

Zweifel

Auch Valentina verließ die Bahnhofshalle. Sie zog ihr Handy aus der Tasche und rief Vanessa an. Erzählte ihr, daß sie den Mann vom Bahnsteig gesehen hatte.

»Bist du dir ganz sicher, daß *er* es war in diesem Taxi?«

»So sicher bin ich mir nicht mehr. Ich habe ihn ja nur ganz kurz gesehen, und auch nur im Halbprofil. In dem Moment, als ich ihn sah, hatte ich aber keine Zweifel.«

»Vielleicht war es jemand, der ihm ähnlich sieht?«

»Ja, vielleicht ... Seit ich ihm auf dem Bahnsteig in die Augen gesehen habe, hat sich so viel in mir verändert. Ich fühle mich so lebendig, so wach und bei mir selbst wie schon ewig nicht mehr. Und wenn ich Schwächemomente habe, schaffe ich es immer irgendwie, sie zu überwinden und neue Kraft zu schöpfen. Ich frage mich, wie ich mich wohl fühlen werde, wenn ich die Suche nach ihm aufgebe. Wahrscheinlich werde ich traurig sein. Aber ich werde nicht wieder einfach so in mein altes Leben zurückkehren, als sei nichts geschehen.«

»Dann hat deine Suche schon einen Sinn erfüllt«, stellte Vanessa fest.

Valentina fragte sie, ob sie Lust auf ein Treffen hätte.

»Lust schon, aber leider keine Zeit. Ich muß den ganzen Nachmittag Unterricht geben. Und heute abend bin ich bei meinen Eltern zum Essen eingeladen. Wie wäre es mit morgen nachmittag? Wir könnten uns im Café Ambiente treffen. Kennst du das?«

»Ich kenne jetzt wohl alle Cafés der Stadt.«

»Was hältst du von drei Uhr?«

»Drei Uhr ist gut. Dann bis morgen! Ich freue mich.«

Valentina hatte es Vanessa nicht spüren lassen, war aber ein bißchen traurig darüber, daß sie keine Zeit hatte. Sie hätte gerade jetzt etwas Trost gebraucht, denn die Enttäuschung, vielleicht auch ihre zweite Chance verpaßt zu haben, lag ihr schwer auf der Seele. Und die Unsicherheit, ob in diesem Taxi überhaupt der Mann gesessen hatte, den sie suchte, oder bloß einer, der ihm ähnlich sah, fütterte ihre Bedenken, daß sie ihn vielleicht nur deshalb in diesem Taxi gesehen hatte, weil sie ihn dort hatte sehen wollen. Zweifel an der Unbestechlichkeit ihrer Wahrnehmung kamen in ihr auf, doch Valentina unterdrückte sie. Sie konnte keine Zweifel gebrauchen, nicht jetzt und nicht hier, Zweifel zersetzten die Hoffnung.

Und wieder lief sie ziellos durch die Straßen der Innenstadt, die ihr immer vertrauter wurden. Ihr fiel auf, daß einige ihrer Steckbriefe nicht mehr dort hingen, wo sie sie angebracht hatte, was ihr wie eine Metapher für die gesunkenen Chancen ihrer Suche erschien.

Vielleicht kommt er heute abend doch noch ins Restaurant Renoir, sagte sie sich und stieß ein weiteres Mal die Zweifel zurück, die sie bedrängten, als seien sie wütend auf jede neue Hoffnungsreserve, die Valentina mobilisierte.

Immerhin würde Raphael dort sein, um ihr beim Warten Gesellschaft zu leisten. Zumindest hatte er es am Abend zuvor gesagt. Und er wirkte wie jemand, auf dessen Wort Verlaß war. Er würde tröstende, ermutigende Worte für sie haben. Und vielleicht würde sich doch noch die Tür des Restaurants öffnen und der Mann eintreten, der mit seinem bloßen Blick die Tür in ihrer Seele geöffnet hatte, hinter der ihr kostbarster Traum in tiefem Schlaf gelegen hatte.

Der wunderbar süße Geschmack wilder Erdbeeren

Raphael wartete schon an demselben Fenstertisch, wo sie auch am Dienstag und Mittwoch gesessen hatten. Er begrüßte sie mit einem warmen Lächeln.

Auf seine Frage, wie ihr Tag gewesen sei, antwortete sie: »Heute mittag habe ich ihn gesehen.«

Raphael war überrascht. »Wo?«

»In einem vorbeifahrenden Taxi. Aber inzwischen bin ich mir nicht mehr sicher, ob er es wirklich war. Es ging alles so schnell ... Wie war dein Tag?«

»Ich habe stundenlang geschrieben. Seit ein paar Monaten arbeite ich an einem neuen Roman. Die Geschichte ist auf einem guten Weg, aber sie kostet mich viel Kraft. Mehr als die vorherigen.«

»Warum?«

»Das frage ich mich selbst.«

»Liegt es am Thema?«

Raphael zuckte mit den Schultern.

Valentinas Blick sprang zur Tür, als zwei junge Männer eintraten. Sie seufzte enttäuscht. »Wenn er heute nicht kommt ...«

»Dann kommt er vielleicht morgen.«

»Hoffentlich! Denn ich kann nicht ewig hier bleiben und ihn suchen.«

»Was passiert, wenn du ihn findest?«

»Keine Ahnung.«

»Was erhoffst du dir?«

»Daß der Zauber wieder entsteht. Den ich gefühlt habe, als wir uns in die Augen sahen.«

»Ob er ihn auch so wie du empfunden hat?«

»Etwas hat er gefühlt! Da bin ich mir ganz sicher.«

Ihre Blicke trafen sich und führten das Gespräch auf ihre Weise fort. Es ging um ein wichtiges Thema, spürte Valentina, aber sie hätte nicht sagen können, um welches. Ihr Augendialog wurde von einem Kellner beendet, der die Bestellung aufnahm.

»Bist du eigentlich glücklich mit deinem Leben?« brach Valentina das Schweigen, das nach dem Weggang des Kellners entstanden war.

Raphael zog überrascht die Augenbrauen hoch. »Ich weiß nicht. Glücklich – das ist so ein großes Wort. Ich bin zumindest nicht unglücklich ... Schau mal durchs Fenster! Der Mond strahlt heute so intensiv.«

Valentina folgte seinem Blick. »Ja, er leuchtet wunderbar.«

»Kennst du die Geschichte von dem Mann, der einem Dieb den Mond schenken wollte, weil er so wunderschön war? Der Mond natürlich, nicht der Dieb.«

»Erzähl sie mir!«

»Eines Abends brach ein Dieb in eine kleine, abgelegene Berghütte ein, fand aber nichts Stehlenswertes. Der alte Mann, der in der Hütte lebte, ertappte ihn auf frischer Tat. Weil es ihm leid tat, daß der Dieb nichts gefunden hatte, zog er sich aus und schenkte ihm seine Hose und sein Hemd. Später saß der alte Mann nackt vor seiner Hütte und betrachtete den Mond. Er empfand ein so tiefes Mitgefühl mit dem Dieb, daß er sich sagte: Der arme Kerl! Ich wollte, ich könnte ihm diesen wunderschönen Mond schenken.«

»Viele Menschen würden glauben, daß der alte Mann seinen Verstand verloren hat«, sagte Valentina.

»Du auch?«

»Nein, ich bewundere sein Herz.«

»Er hat seinen Verstand auch nicht verloren. Er ist über seinen Verstand hinausgegangen«, sagte Raphael. »Dadurch hat er ein so großes, gütiges Herz gewonnen, daß er nichts als Mitgefühl für einen Menschen empfindet, der ihn berauben wollte. Er ist ein Meister der Nächstenliebe.«

»Aber es ist bitter, wenn sich Nächstenliebe oder Liebe als Illusion erweist. Wenn das Herz sich irgendwann von dem Verstand vorwerfen lassen muß, daß es dumm und blind gewesen ist!«

»Vielleicht war das Herz dumm und blind, aber es hat Glück empfunden!« wandte Raphael ein.

»Aber nicht das wahre. Nur das trügerische. Das nur so lange existiert, wie man sich seiner Scheinbarkeit nicht bewußt ist.«

»Ich halte dagegen, daß jemand, der aus Angst vor Enttäuschung immer wieder sein Glück versäumt, schlimmer betrogen ist als jemand, der jede Möglichkeit eines Glücks wahrnimmt. Auch auf die Gefahr hin, es könnte wieder nicht das wahre sein.«

»Gibt es überhaupt wahres Glück?« fragte Valentina. »Ist nicht jedes Glück trügerisch?«

»Solange es etwas bewirkt, ist es wahr«, erwiderte Raphael. »Sonst könnte es uns nicht verzaubern.«

Was mache ich hier eigentlich, dachte Valentina. Sitze mit einem Mann zusammen, unterhalte mich phantastisch mit ihm, fühle mich immer wohler in seiner Nähe – und hoffe darauf, daß ein anderer Mann kommt. Nein, er kommt nicht mehr, ich spüre es, aber warum hält meine Enttäuschung sich in Grenzen? Bin ich auf dem besten Weg aufzugeben?

»Wie groß ist deine Hoffnung noch, ihn zu finden?« fragte Raphael, als hätte er ihre Gedanken gelesen.

»So groß wie eine Kerze, die schon fast abgebrannt ist. Aber die Flamme flackert noch. Erzählst du mir noch eine Geschichte?«

Nach kurzem Nachdenken sagte Raphael: »Ich habe nur noch ein kleines Gleichnis anzubieten. Mir fällt nichts anderes ein. Das muß an deinen Augen liegen.«

»An meinen Augen?«

»Ja. Wenn ich dir in die Augen sehe, fällt es mir schwer zu denken.«

»Ist das schlimm?«

»Nein.« Raphael lächelte. »Das ist überhaupt nicht schlimm.«

»Hm ... Erzähl mir das Gleichnis!«

»Ein Mann wurde auf seiner Wanderung von einem Tiger aufgespürt. Die Flucht vor dem Raubtier führte ihn an einen Abgrund. Ein Stück unter dem Rand des Abgrunds hatte sich ein Baum in Felsspalten verwurzelt, der stark genug schien, das Gewicht eines Menschen zu tragen. Also sprang der Mann in die Tiefe und fand Halt an dem Baumstamm. Der Tiger fauchte ihn wütend vom Rand des Abgrunds an, konnte ihn aber nicht mit seinen Tatzen erreichen. Der Mann schaute nach unten, wo ein anderer Tiger darauf wartete, daß er den Halt verlor. Doch der Mann war stark und ausdauernd, und der Baum hielt ihn. Zwei Mäuse, eine weiße und eine schwarze, begannen allerdings damit, den Stamm anzuknabbern. Der Mann entdeckte zu seiner Überraschung wilde Erdbeeren neben sich in Greifweite, die im Moos an der Felswand gereift waren. Er hielt sich mit der einen Hand am Baum fest und pflückte mit der anderen eine Erdbeere. Wie wunderbar süß sie schmeckte!«

»Diese Geschichte berührt mich«, brach Valentina das Schweigen. »Der Wanderer, der sich am Baumstamm festhält – ist er ein Symbol unseres Lebens?«

»Ja. Seine Wanderung bis zu dem Zeitpunkt, als der Tiger ihn entdeckt, ist die Zeit unserer Unschuld, unserer kindlichen Unwissenheit. Sie endet in dem Moment, wenn uns bewußt wird, wie gefährlich das Leben ist. Also flüchten wir vor seinen Gefahren und suchen Zuflucht an einem Ort, wo wir uns sicher fühlen. Zumindest, solange wir Halt dort haben. Doch unser Halt wird immer unsicherer.«

»Weil die Mäuse daran knabbern?«

»Ja. Die weiße Maus steht für unsere Tage, die schwarze für unsere Nächte. Und der Tiger am Fuß des Abgrunds symbolisiert unseren Tod. Es sähe alles sehr bitter aus, wenn es da nicht die Erdbeeren gäbe, die so wunderbar süß schmecken.«

»Sie stehen für die Freuden des Lebens.«

»Ja, sie symbolisieren alles, was das Leben schön und lebenswert macht, trotz seiner Gefahren, Leiden und der Gewißheit des Todes. Sie stehen für die Liebe, das Lächeln, für die Freude, den Genuß, für das Glück. Ihr wunderbarer Geschmack hilft uns zu vergessen, in welch fataler Lage wir uns befinden, und gibt uns Kraft und Mut. Wir spüren nicht mehr das Gewicht unseres Körpers und haben das Gefühl, daß wir es ewig so aushalten können. Aber die beiden Mäuse belehren uns mit den Jahren und Jahrzehnten eines Besseren. Unser Halt wird immer unsicherer. Unsere Kräfte schwinden. Und unsere Sterblichkeit wird uns mehr und mehr bewußt. Doch die wilden Erdbeeren halten uns am Leben.«

Valentina lächelte und dachte, wenn Raphael mich fragt, wie ich mich jetzt fühle, werde ich antworten: So gut wie lange nicht mehr. Nein, ich werde nur ein Wort sagen: glücklich. Aber er wird mich nicht fragen. Er sieht es mir an, daß ich ihn genieße. Den wunderbar süßen Geschmack wilder Erdbeeren.

Freitag

Laß die Hoffnung siegen
über die Angst.
Laß das Vertrauen siegen
über die Ungewißheit.
Und die Liebe wird siegen
über die Zweifel.

Herzfeuer

Valentina geht durch die Straßen einer ihr unbekannten Stadt. Sie sucht etwas sehr Wichtiges, hat aber vergessen, was es ist. Sie hofft, daß sie sich daran erinnern wird, wenn sie nur weitersucht. Fremde Menschen mit verschlossenen Gesichtern kreuzen ihren Weg, so sehr mit sich selbst beschäftigt, daß sie Valentina keines Blickes würdigen. Sie fühlt sich einsam, ratlos und verwirrt. Sie weiß nie, welche Richtung sie wählen soll, wenn der Weg sich gabelt, aber stehenbleiben darf sie auf keinen Fall, das spürt sie.

Plötzlich erkennt sie in der Menge der fremden Gesichter ein bekanntes. Vanessa sitzt mitten auf einem breiten Gehweg an ihrem weißen Flügel und spielt selbstvergessen zarte, melancholische Melodien für die vorbeiziehenden Passanten, obwohl ihr niemand zuhört. Valentina bleibt stehen und lauscht den wundervollen Klängen, die Vanessa ihrem Flügel entlockt. Es scheint Valentina, als würden die zauberhaften Töne ihr helfen, sich daran zu erinnern, was sie sucht. Wenn Vanessa so magisch spielen kann, sagt sie sich, wird sie auch wissen, wonach ich Ausschau halte! Valentina spricht sie an, doch Vanessa hört ihre Worte nicht. Nimmt ihre Existenz nicht wahr. So tief ist sie in ihr Spiel versunken, daß von außen nichts zu ihr dringt.

Enttäuscht geht Valentina weiter, bis sie einen Mann

entdeckt, der völlig nackt ist. Er steht wie ein Fels in der Brandung der zahlreichen an ihm vorbeiströmenden Menschen. Ein Lächeln läßt sein Gesicht strahlen. Als Valentina den Mann erreicht, fragt sie ihn, ob er nicht friere.

Er lächelt. »Nein, warum sollte ich frieren? In meinem Herzen brennt ein Feuer, das mich wärmt.«

»Warum bist du nackt?«

»Ich habe meine Kleidung einem frierenden Mann geschenkt, dessen Herzfeuer erloschen war. Ich helfe gern. Kann ich dir helfen?«

»Ja. Ich suche etwas Wichtiges, aber ich weiß nicht, was es ist.«

»Du suchst Brennstoff für das Feuer in deinem Herzen«, sagt der Mann. »Dein Herzfeuer ist klein geworden, aber noch nicht erloschen. Der Brennstoff, den du suchst, ist aber selten.«

»Wo kann ich ihn finden?«

Der Mann schweigt, als hätte er Valentinas Frage nicht verstanden.

»Wo kann ich ihn finden?« fragt sie ein zweites Mal.

»Das weißt nur du«, antwortet er leise. »Aber mach dir keine Sorgen. Du wirst ihn finden.«

»Wann?«

»Du wirst ihn finden.«

Diese Prophezeiung tut Valentina gut, auch wenn sie nicht im geringsten weiß, wo sie den seltenen Brennstoff suchen soll. Doch die Sicherheit des Mannes, daß sie ihn finden wird, gibt ihr Zuversicht. Sie bedankt sich bei ihm und setzt ihren Weg fort.

»Laß dich nicht von deinen Erinnerungen in die Irre führen!« ruft er ihr nach. Was Valentina für einen überflüssigen Rat hält, da sie ihre Erinnerungen verloren hat.

Plötzlich entdeckt sie einen jungen Mann, der auf einer grünen Bank sitzt, als würde er dort auf sie warten. Es ist der Fremde vom Bahnsteig. Schlagartig weiß sie, daß er den Brennstoff hat, den sie sucht. Mit schnellen Schritten geht sie auf ihn zu, doch als er sie bemerkt, steht er ruckartig auf und rennt davon. So schnell, daß Valentina, die ihm hinterherläuft, ihn nach kurzer Zeit aus den Augen verliert.

Ganz außer Atem und voller Traurigkeit gibt sie die Verfolgung auf und kämpft mit den Tränen. Als sie befürchtet, daß sie diesen Kampf verlieren wird, weil Tausende von ungeweinten Tränen in ihr darauf warten, endlich fließen zu können, hört sie die warme Stimme eines Mannes, der hinter ihr steht: »Ich habe die Nahrung für dein Herzfeuer. Aber dreh dich nicht um! Du darfst mich nicht sehen. Denn wenn du mich siehst, wirst du mir nicht glauben. Und dadurch würde ich den Brennstoff verlieren.«

Es ist Raphaels Stimme. Trotz seiner merkwürdigen Warnung empfindet Valentina überwältigende Freude, denn sie erinnert sich daran, daß der Mann mit dem Engelsnamen der Grund und das Ziel ihrer Suche ist. Plötzlich liegt ein wunderbar süßer Duft in der Luft. Der Duft von wilden Erdbeeren.

»Wie kannst du mir Nahrung für mein Herzfeuer geben, wenn ich dich nicht ansehen darf?«

»Du darfst mich ja ansehen. Aber erst, wenn du soweit bist, mein wahres Gesicht zu erkennen.«

»Wann werde ich soweit sein?«

»Wenn dein Vertrauen deine Angst besiegt hat.«

»Aber ich habe doch gar keine Angst!« erwidert Valentina.

Raphael scheint ihr widersprechen zu wollen, doch sie versteht ihn nicht. Denn ein starker Wind kommt auf, der seine Worte verweht. Und es beginnt zu regnen.

Valentina erwachte aus ihrem Traum. Je mehr sie versuchte, sich an ihn zu erinnern, desto weniger gelang es ihr. Sie wußte, daß Raphael ihr etwas Wichtiges gesagt hatte, konnte aber seine Worte nicht vor dem Vergessen schützen. Sie knipste die Bettlampe an, zog den Skizzenblock aus ihrer Tasche und betrachtete das Bild des Mannes, der in ihrem Traum vor ihr davongelaufen war, der Mann vom Bahnsteig. Sie blätterte weiter, starrte eine Weile auf das leere Blatt und begann, Raphaels Gesicht zu zeichnen.

Valentina betrachtete die Zeichnung und freute sich, daß es ihr gelungen war, Raphaels warmes Lächeln mit ihrem Bleistift auf Papier zu bannen. Ihre Gedanken kreisten um den Abend mit ihm, um seine Geschichten, seine Stimme, seine Blicke – vor allem um seine Blicke. Und ihr wurde klar: In dieser Nacht würde sie keinen Schlaf mehr finden, wenn sie nicht den Mut aufbrachte, zu ihm zu gehen. Sich wortlos neben ihn ins Bett zu legen und sich an ihn zu kuscheln, als sei es das Selbstverständlichste der Welt. Aber vielleicht würde er es als vorschnell oder aufdringlich empfinden. Sicherlich würde er das!

Sie legte ihren Skizzenblock auf den Nachttisch, knipste die Lampe aus und versuchte, wieder einzuschlafen. Obwohl sie genau wußte, daß es ihr nicht gelingen würde.

Wenig später machte sie das Licht wieder an, stand kurzentschlossen auf, verließ den Raum und ging leise durch den Korridor zu Raphaels Schlafzimmertür. Sie hatte schon die Hand gehoben, um anzuklopfen, als der Mut sie verließ. Auf Zehenspitzen schlich sie wieder ins Gästezimmer zurück und legte sich ins Bett.

Keine zehn Minuten später stand sie erneut vor Raphaels Schlafzimmertür. Und diesmal wagte sie, ganz leise anzuklopfen. So leise, daß er es nur hören konnte, wenn auch er nicht schlief.

»Komm!« hörte sie seine Stimme durch die Tür. Warm und einladend.

Wie neugeboren

Als Valentina allein in Raphaels Bett aufwachte, schien die Sonne durch einen schmalen Spalt zwischen den Vorhängen ins Zimmer. Auf dem Nachttisch lag ein Zettel mit den Worten: »Ich habe es nicht übers Herz gebracht, dich aufzuwecken. Du hast mit einem Lächeln auf den Lippen geschlafen. Ich muß zu einem Treffen mit meinem Lektor fahren, das ich unmöglich absagen kann. Fühl dich wie zu Hause! Hol doch schon mal deine Sachen aus dem Hotel! Ich komme gegen vier Uhr zurück und freue mich mehr auf dich, als ich sagen kann.«

Raphaels Worte tanzten in Valentinas Herzen wie Schmetterlinge in duftender Sommerluft. Sie fühlte sich wie von einer großen Last befreit, die sie lange auf ihren seelischen Schultern getragen hatte. Auch sie freute sich unsagbar darauf, Raphael wiederzusehen.

Als sie in den Wandspiegel sah, strahlten ihre Augen sie an, als wollten sie ihr sagen, was sie ohnehin schon wußte: daß sie sich wie neugeboren fühlte, daß sie nicht mehr die Frau war, die sie gestern noch gewesen war, sondern eine andere, eine neue. Eine, die gewagt und gewonnen hatte.

Ein sehr kurzes Treffen

»Willst du schon abreisen?« fragte Vanessa überrascht, als sie Valentinas Reisetasche auf dem Stuhl neben ihr sah.

»Nein. Ich übernachte jetzt privat.«

»Oh! Also hast du ihn gefunden?«

»Ja. Aber es ist nicht der, den ich gesucht habe.«

Vanessa wirkte irritiert. »Und wer ist es?«

»Ich hab dir einmal von ihm erzählt. Er hat mich am Dienstag angerufen und mir gesagt, daß er den Mann vom Bahnsteig ein paarmal im Restaurant Renoir gesehen hat.«

»Ja, ich erinnere mich. Und in diesen Mann hast du dich verliebt?«

»Ja. Und er hat sich in mich verliebt.«

»Das ist ja … einfach wunderbar! Ich freue mich für dich! Komm, erzähl mir von ihm! Wie ist er so?«

»Faszinierend. Auch wenn ich das bei unseren ersten beiden Begegnungen nicht richtig erkannte, weil ich nicht offen dafür war. Gestern abend haben wir uns zum dritten Mal gesehen. Und da passierte es, trotz alledem. Als wir uns im Restaurant unterhielten, vergaß ich völlig, daß ich auf einen anderen Mann wartete. Als das Lokal schloß, hat er mich zu sich nach Hause eingeladen. Ich habe gezögert. Wußte nicht, ob ich mit ihm gehen sollte. Aber dann …«

»Ja?«

»Dann hab ich einfach meinem Gefühl vertraut. Und alles hat sich wie von selbst ergeben. Es war … es war unbeschreiblich schön!«

»Valentina, du Glückskind! Gehst einen falschen Weg und findest das richtige Ziel! Unglaublich! Erzähl mir mehr von ihm! Wie sieht er aus, wie alt ist er?«

»Gut sieht er aus! Er ist Ende Dreißig, er hat eine warme Stimme und schöne Hände. Seine Augen … Warte – ich hab sein Gesicht gezeichnet.« Valentina griff in ihre Umhängetasche und zog den Skizzenblock hervor. Sie schlug die Seite mit dem Portrait von Raphael auf und zeigte es Vanessa.

Warum starrt sie die Zeichnung so seltsam an, fragte Valentina sich.

»Wie heißt er?«

Warum klingt ihre Stimme so komisch?

»Raphael.«

Was ist mit ihr los?

Vanessa blickte auf ihre Uhr. »Oh, Mist! Ich muß los! Leider. Hab noch einen Termin beim Zahnarzt. Ich hatte das ganz vergessen, als wir uns verabredet haben. Aber ich wollte … dich zumindest kurz sehen.«

Vanessa stand ruckartig auf, griff in die Tasche ihrer Jeans und legte ein paar Münzen auf den Tisch. »Sorry, daß ich schon wieder gehe. Tschüs!« sagte sie, ohne Valentina in die Augen zu sehen, und eilte mit hastigen Schritten davon.

Befremdet und irritiert zahlte Valentina die Rechnung, schulterte ihre Reisetasche und verließ das Café.

Auf dem Gehweg sah sie auf die Uhr. In einer dreiviertel Stunde würde Raphael nach Hause kommen. Da sie nicht vor seinem Hauseingang auf ihn warten wollte, flanierte sie ein weiteres Mal durch die Straßen der Innenstadt. Immer wenn sie einen ihrer Steckbriefe sah, riß sie ihn ab und steckte ihn ein. Ihr Zettel hatte seinen Sinn erfüllt, wenn auch in völlig unverhoffter Weise. Ihre Suche war beendet.

Fast alle Passanten, die ihr entgegenkamen, musterten sie mit offenkundigem Interesse. Nicht wenige lächelten sie an, Männer wie Frauen. Erst nach einer Weile wurde Valentina bewußt, daß sie in ihrer Vorfreude auf Raphael unaufhörlich lächelte. Und die Menschen, die ihr ein Lächeln schenkten, nur ihr eigenes widerspiegelten.

Eine gute Lüge

Raphael empfing Valentina auf der Schwelle seiner Wohnungstür mit einer langen, innigen Umarmung. »Es fiel mir schwer, dich allein zu lassen. Sehr schwer! Was hast du getan, während ich fort war?« fragte er, als sie sich voneinander gelöst hatten.

»Deinen lieben kleinen Brief gelesen. Zweimal. Und dann noch einmal! Geduscht. Unter der Dusche gesungen, zum ersten Mal seit einer Ewigkeit. Etwas gegessen und getrunken und mich auf deine Rückkehr gefreut. Und …«

»Und?«

»Und den wunderbar süßen Duft wilder Erdbeeren eingeatmet. Und dann hab ich meine Sachen aus dem Hotel geholt.«

Raphael lächelte, nahm Valentinas Reisetasche und brachte sie ins Gästezimmer.

Valentina schloß die Wohnungstür hinter sich, ging in die Küche und blickte unwillkürlich aus dem Fenster. Der Himmel hüllte sich mehr und mehr in dunkelgraue Wolken. Der stärker werdende Herbstwind zerrte an den wenigen Blättern der Hängebirke im Vorgarten, die sich ihm noch widersetzten.

»Was hast du danach gemacht?« fragte Raphael, als er zu ihr in die Küche kam.

»Vom Hotel bin ich ins Café Ambiente gegangen.

Hab mich dort mit der Frau getroffen, die mir am ersten Tag meiner Suche sehr geholfen hat. Meiner Suche nach dir.«

»Und wie war es?«

»Ganz seltsam. Und unerwartet kurz. Weil ich ihr das hier zeigte.« Valentina zog ihren Skizzenblock aus der Umhängetasche, schlug ihn auf und legte ihn auf den Küchentisch.

Raphael betrachtete die Bleistiftzeichnung überrascht und schüttelte halb ungläubig, halb bewundernd den Kopf. »In diesem Bild erkenne ich mich besser wieder als auf den allermeisten Photos von mir. Wie schaffst du das?«

Valentina zuckte die Achseln. »Ich weiß nicht. Ich lasse meine Hände einfach zeichnen und vergesse alles andere ... Warum hat Vanessa sich erschreckt, als ich ihr dieses Portrait zeigte?«

»Sie hat sich erschreckt? So schlimm sehe ich nun auch nicht aus!«

»Sie schaute sich das Bild an – und hatte es plötzlich ganz eilig. Angeblich hatte sie einen Termin. In Wahrheit wollte sie einfach nur so schnell wie möglich weg. Warum? Ich kann es mir nicht erklären. Kennst du sie?«

»Ich kannte einmal eine Vanessa. Aber den Namen gibt es häufig.«

»Sie ist Klavierlehrerin.«

Raphaels Gesichtsausdruck veränderte sich. »Hat sie einen weißen Flügel?«

»Ja. Du kennst sie?«

»Ja, ich kenne sie. Genauer gesagt, ich kannte sie. Noch genauer, ich hab mal geglaubt, sie zu kennen.«

»Hast du sie geliebt?«

»Ja. Aber dann geschah etwas ... Es ist eine traurige Geschichte.«

»Ich weiß. Sie hat, als du verreist warst, mit einem anderen Mann zwei Nächte verbracht. Sie hat versucht, es vor dir geheimzuhalten. Das ist ihr nicht gelungen, weil dieser Mann sie aus gekränkter Eitelkeit verraten hat.«

»Sie hat dir alles erzählt?«

»Sie wußte zu dem Zeitpunkt nicht, daß ich dich kenne. Und ich wußte nicht, daß sie von dir sprach. Sie leidet noch heute darunter, daß sie dich verloren hat.«

»Das tut mir leid für sie.«

»Du konntest ihr nicht verzeihen?«

Raphael atmete tief durch. »Vier Tage lang habe ich mit mir gekämpft und es versucht. Wenn sie mir ihre Affäre gleich nach meiner Rückkehr gestanden hätte, wäre es mir wahrscheinlich auch gelungen. Aber daß sie es tagelang so perfekt verheimlicht hatte, vergiftete mein Vertrauen in sie. Ich spürte, ich könnte ihr nie wieder ganz trauen. Mit dem Vertrauen verlor ich auch meine Liebe zu ihr.«

»Auch das Vertrauen in die Liebe?«

»Nein, das konnte ich irgendwie retten. Ich hoffe, daß es mir nie abhanden kommt ... Ich denke nicht gern an das emotionale Chaos zurück, in das Vanessa mich damals gestürzt hat.«

»Aber die Zeit mir ihr war doch sehr schön.«

»Ja, das war sie.«

»Und ihr habt euch nach eurer Trennung nie wieder getroffen?«

»Es gab keine Basis mehr, auf der wir uns hätten begegnen können. Bei uns hieß es: entweder Liebe oder gar nichts. Worte wie *Laß uns Freunde bleiben* wären uns nicht über die Lippen gekommen. Wir sind uns ein paarmal zufällig in der Stadt über den Weg gelaufen, haben aber kein Gespräch angefangen. Lieber wortlos grüßen und weitergehen als irgendwelche Banalitäten austauschen.«

»Man muß doch nicht nur Banales reden.«

»Was man auch sagt, alles klingt banal, wenn man in den Ruinen einer unschön zerstörten Liebe steht.« Raphael wirkte so ernst, wie Valentina ihn noch nie erlebt hatte. Sie legte ihre Hand auf seinen Oberarm.

»Es tut mir leid, daß ich diese Erinnerungen in dir geweckt habe. Ich wollte nur wissen, warum Vanessa so extrem auf das Portrait von dir reagiert hat.« Sie nahm ihre Hand von seinem Arm und wechselte das Thema. »Wie war die Besprechung mit deinem Lektor?«

»Gut. Wir haben über Möglichkeiten gesprochen, ein Manuskript zu verbessern, das bald in die Herstellung gehen soll. Mein neuer Roman.«

»Handelt er auch von der Suche nach dem Glück?«

»Nein, er handelt von einem Mann, der das Glück verliert. Der von der Wolke, auf der er ein Jahr lang schwebte, in einen Sumpf von Enttäuschung und Verzweiflung fällt. Ein Mann, der befürchtet, daß er nie wieder einer Frau sagen kann, daß er sie liebt, ohne ein spöttisches Lachen im Hinterkopf zu hören ... Ich habe in diesem Roman meine Erfahrungen mit Vanessa verarbeitet. Es war ein buchstäblicher Befreiungskampf. Ich schrieb mir meine Verletzung von der Seele. Die Trauer, in die ich gestürzt war, den bitteren Vertrauensverlust. Indem ich meine Liebe zu Vanessa zu einer Geschichte machte, machte ich Geschichte aus ihr. Es ist mein traurigstes Buch, aber mein Lektor ist davon sehr angetan. Er sagt, daß sich viele Menschen darin wiederfinden werden.«

Valentina ging auf Raphael zu und umarmte ihn. Lange standen sie fast bewegungslos.

Als sie sich voneinander gelöst hatten, sagte Raphael: »Ich muß dir etwas gestehen.«

»Laß mich raten: Du hast dich nicht mit deinem Lektor, sondern mit einer attraktiven Frau getroffen.«

»Nein, mit einer Frau hat es nichts zu tun ... Ich wollte es dir schon vorgestern abend im Restaurant sagen.«

»Das, was dir fast von der Zunge gesprungen wäre?«

»Ja. Aber es schien mir noch zu früh zu sein. Ich hatte Angst, es könnte etwas zerstören. Jetzt kann ich es einfach nicht länger zurückhalten ... Versprich mir bitte, daß du es mir nicht übelnimmst!«

»Wie kann ich das, wenn ich nicht weiß, was du angestellt hast?«

»Du kannst es wenigstens versuchen.« Raphael wirkte auf einmal nervös.

Valentina unterdrückte ihr plötzlich aufkommendes Unbehagen. »Mach es nicht so spannend!«

»Gut ... Ich habe dir nicht die Wahrheit gesagt.«

»Welche Wahrheit?«

»Ich habe den Mann auf deinem Steckbrief nie gesehen.«

»Was? Du hast ...« Valentina sah ihn erschreckt an.

»Valentina – bitte laß mich das erklären. Dein Steckbrief hat mich berührt. Als ich ihn in der Fußgängerzone sah, spürte ich, daß dahinter ein echtes Gefühl stand. Eine Sehnsucht, eine Hoffnung, ein Glauben an die Liebe. Ich fühlte, daß die Frau, die diesen Zettel dort angebracht hatte, ein liebesfähiger, inspirierender Mensch ist. Ein Mensch, den ich kennenlernen wollte.«

»Woher wußtest du, daß es eine Frau war?«

»Ich wußte es einfach ... Der einzige Weg, dich kennenzulernen, führte über die Brücke einer Lüge. Du hättest dich nicht mit mir verabredet, wenn ich dir gesagt hätte: ›Ich möchte Sie gern treffen, weil Ihr Steckbrief mich berührt hat!‹ Du suchtest ja einen anderen Mann. Du suchtest ihn so sehr, daß du die Beweise deiner Sehnsucht nach ihm in der ganzen Innenstadt verstreut hattest.«

»Erzähl weiter!«

»Also mußte ich eine Situation schaffen, die mir eine Chance gab, dich kennenzulernen – und dir die Freiheit ließ, auf meine Gesellschaft zu verzichten. Als ich am Dienstag im Restaurant an deinen Tisch kam und dich fragte, ob ich mich zu dir setzen dürfe, hättest du das ja ohne weiteres ablehnen können. Glücklicherweise hast du es nicht getan. Und ich stellte fest, daß mein Gespür mich nicht getrogen hatte. Du hast dich als eine

Frau entpuppt, die mich faszinierte. Schon nach wenigen Minuten wußte ich, daß ich dich unbedingt wiedersehen wollte. Also konnte ich dir am ersten Abend nicht die Wahrheit sagen. Auch nicht am zweiten, obwohl sie mir fast herausgerutscht wäre. Und schon gar nicht am dritten, als mir bewußt wurde, daß ich begonnen hatte, dich zu lieben.«

Valentina wandte sich von Raphael ab, ging mit langsamen Schritten zum Fenster und sah auf die Hintergärten hinaus. Es hatte zu regnen angefangen. Die Leichtigkeit und Freude, die sie noch vor wenigen Minuten erfüllt hatten, waren einer lähmenden Schwere gewichen, die auf ihr Herz drückte und auf rätselhafte Weise die Wirklichkeit verlangsamte. Es kam ihr vor, als würde alles in Zeitlupe geschehen. Mit quälender Langsamkeit, die sie jedes Detail mit übergroßer Deutlichkeit wahrnehmen ließ.

Dann ist das Glück, das ich gefunden habe, einer Lüge zu verdanken, dachte sie. Dann habe ich dich nur deshalb kennengelernt, weil du dich mit einer Lüge in mein Leben eingeschlichen hast. Wahrscheinlich hast du bei mir Inspiration für einen neuen Roman gesucht … Die beiden Amseln sehen traurig aus, wie sie da im Regen auf einem Ast sitzen, der schon alle Blätter verloren hat … Ich spüre deinen Blick in meinem Rücken, aber ich will dir nicht in die Augen sehen. Deine warmen, offenen Augen, in denen ich Wahrhaftigkeit vermutet habe. Ehrlichkeit. Aber wenn du *einmal* so gut lügen konntest, wirst du wieder so gut lügen können, falls du es für erforderlich hältst … Der Regen wird stärker. Eine der Amseln fliegt fort, sucht sich einen trockenen Platz. Die andere bleibt auf dem Ast sitzen. Warum fliegt sie nicht auch weg?

Valentina hörte Raphaels Schritte. Spürte kurz darauf seine Hände auf ihren Schultern. Doch sie konnten ihr keinen Schutz vor dem Regenschauer geben, in den ihre Gefühle schlagartig geraten waren.

»Was ist los?« hörte sie ihn leise und behutsam fragen.

»Ich habe mir einmal geschworen, mich nie wieder einem Mann zu öffnen, der mich anlügt.« Valentina erschrak über den harten Klang ihrer Stimme.

»Aber ohne diese kleine Lüge hätten wir uns nie gefunden!«

Auch Raphaels Stimme erschien ihr plötzlich anders. Fremd. »Was kann schon auf dem Boden einer Lüge wachsen?« Valentina entzog sich Raphaels Händen und nahm ihre Umhängetasche vom Küchentisch. Verließ die Küche und ging ins Gästezimmer, wo sie zu ihrem Handy griff und ein Taxi bestellte. Unwillkürlich blickte sie in den Spiegel über der Kommode. Ihr Gesicht wirkte blaß und erstarrt. Am meisten erschrak sie über ihren Blick, seine Härte, seine seelenlose Entschlossenheit. Dennoch konnte sie sich nur schwer von dem Anblick ihres Gesichtes lösen.

Als sie sich von ihrem Spiegelbild abwandte, verwandelte sich ihr Gefühl, daß alles ganz langsam geschah, plötzlich in sein Gegenteil. Alles passierte nun schnell. Im Nu hatte sie sich ihre Jacke angezogen und ihre Reisetasche geschultert. Im Nu stand sie in der

Küche vor Raphael und sagte: »Ich fahre jetzt. Nach Hause.«

Sie sah seinen Schrecken. Spürte seinen Willen, sie zurückzuhalten.

Er versuchte, sie zu umarmen, doch sie entzog sich ihm. Sanft, aber entschieden. Sie bemerkte, daß sie ihn damit verletzte. Aber es war ihr egal. Sie blickte wieder aus dem Fenster. Nun ist auch die zweite Amsel weggeflogen, dachte sie. Das werde ich jetzt auch tun, ich werde mir einen trockenen Platz suchen.

Das Prasseln des Regens gegen die Fensterscheibe ebbte kurz ab und wurde dann wieder stärker.

»Bitte fahr nicht!« hörte sie Raphael sagen. »Nicht so. Laß uns reden!«

»Es gibt nichts mehr zu reden.«

»Es gäbe so viel.«

Valentina blickte schweigend in den Regen.

Raphaels Stimme klang fassungslos. »Wie kann eine kleine Lüge all das Wunderbare zwischen uns zerstören?«

»Weil sie die Basis des Wunderbaren zerstört hat: mein Vertrauen zu dir. Weil ich weiß, daß einer Lüge weitere Lügen folgen.«

»Wie kannst du das wissen? Ich bin kein Lügner! Bitte glaub mir das!«

»Das wollen alle Lügner«, sagte sie bitter.

»Was?«

»Daß man ihnen glaubt.«

Raphael verzog das Gesicht, als hätte ihn eine Ohrfeige getroffen. »Ich schäme mich nicht meiner Lüge, denn mit ihrer Hilfe habe ich dich kennengelernt. Ich war mir nicht sicher, ob ich überhaupt noch lieben kann. Seit meiner Trennung von Vanessa habe ich für keine Frau mehr empfunden als freundschaftliche Sympathie. Durch dich spüre ich wieder Liebe ... Bitte komm doch zu dir! Ich habe das Gefühl, du bist nicht mehr du selbst.«

»Gefühle können täuschen«, erwiderte Valentina.

»Du tust mir weh!«

»Du hast mir auch wehgetan!«

»Willst du wirklich fahren?«

»Ja!«

»Dann laß mich dich zum Bahnhof bringen! Es regnet in Strömen.«

»Ich habe ein Taxi bestellt.«

»Oh ... Bitte überstürze nichts!«

»Ich tue nur das, wonach mir ist.« Sie sah die Verzweiflung und Hilflosigkeit in seinem Gesicht, doch das berührte sie nicht. Sie empfand nichts mehr für ihn. Sie empfand überhaupt nichts mehr.

Raphael suchte ihren Blick, aber sie wich ihm aus. »Du willst wirklich gehen?«

Valentina nickte.

Raphael seufzte. »Kann ich dich anrufen?«

»Gib mir Zeit!«

»Wieviel Zeit?«

»Ich weiß es nicht.«

»Spürst du überhaupt, was du gerade tust?«

»Ich spüre, daß ich es tun muß.«

»Du bist gar nicht da«, sagte Raphael leise.

»*Wo* bin ich nicht?«

»Nicht bei dir. Und auch nicht bei mir. Du bist von uns beiden weggegangen. Bitte komm zurück!«

Es klingelte.

»Mein Taxi«, murmelte Valentina wie zu sich selbst, wandte sich von Raphael ab und ging zur Wohnungstür. »Leb wohl«, sagte sie, ohne ihm ins Gesicht zu sehen.

Tief in ihrem Inneren spürte Valentina, daß sie falsch handelte. Daß sie sich gegen alles stemmte, woran sie glaubte, worauf sie hoffte, wofür sie leben wollte. Und doch konnte sie nicht anders. Es war, als hätte eine fremde Macht von ihr Besitz ergriffen. Sie fühlte sich wie ferngesteuert von dieser Macht, von der sie insgeheim wußte, daß sie so fremd gar nicht war. Daß etwas *in ihr* war, das sie zu dem zwang, was sie sagte und tat. Doch dieses Wissen war wie eine Gestalt in dichtem Nebel. War nicht greifbar, bot ihr keinen Halt, keinen Schutz vor der stärkeren Kraft in ihr, die sie fort von Raphael drängte, fort von ihrem Traum, ihrer Sehnsucht, fort von ihrer Liebe. So ist das, wenn man sich selbst zum Opfer macht, hörte sie eine unbeteiligte, sachliche Stimme in ihrem Kopf sagen. Als ginge es gar nicht um sie. Ihre Gedanken waren vernebelt, wie alles um sie herum und in ihr. Sie ging auf die Wohnungstür zu, folgte jener Kraft in ihr, die alles abbrechen, widerrufen, beenden, ja sogar zerstören wollte.

»Es war doch eine verzeihliche Lüge. Eine *gute* Lüge!« sagte Raphael.

Sie hörte die Verzweiflung in seiner Stimme, doch

blieb davon unberührt. Blieb trotzdem kurz stehen, als würde sie zögern. Wandte sich halb zu ihm um und sagte: »Das Fatale an einer guten Lüge ist, daß immer ein guter Lügner dahintersteht.« Ohne ihn noch einmal anzusehen, verließ sie Raphaels Wohnung, schloß die Tür hinter sich und lief die Stufen zum Erdgeschoß hinunter.

Kurz bevor sie die Haustür öffnete, rief er ihr mit flehender Stimme nach: »Bitte bleib doch! Bitte!«

Valentina hörte seine Worte, doch sie verhallten wirkungslos.

Als sie im Taxi saß, wunderte sie sich darüber, daß sie nicht weinen mußte.

Das Gesicht der Angst

Sie mußte nicht lange auf ihren Zug warten und fand auf Anhieb ein leeres Abteil. Während der einstündigen Fahrt nach Hause starrte sie vor sich hin, ohne etwas zu fühlen, ohne etwas zu denken.

Einmal öffnete ein untersetzter Mann mittleren Alters die Abteiltür, offensichtlich auf der Suche nach einem Sitzplatz. Nachdem sein Blick ihrem begegnet war, schloß er die Tür wieder. Valentina war froh darüber, daß er ihren unausgesprochenen Wunsch, in dem Abteil allein zu bleiben, verstanden und akzeptiert hatte.

Immer wenn sich ein Gedanke in ihrem Bewußtsein zu formen versuchte, fiel er gleich wieder in sich zusammen wie ein Kartenhaus im Luftzug. Die eisige Temperatur in ihrem Herzen ließ keine Gefühlsregung zu. Es war ihr, als habe das Leben sie verstoßen. Ihr Körper saß in einem Zugabteil. Aber wo war ihre Seele?

Auf dem Weg vom Bahnhof zu ihrer Wohnung zog sich die bittere Kälte langsam aus ihr zurück, und der Nebel in ihrem Bewußtsein und Gemüt löste sich mehr und mehr auf. Was mache ich hier eigentlich, fragte sie sich, als sie in die Straße einbog, in der sie wohnte. Ihre Schritte wurden langsamer, begannen zu stocken.

Nicht hinter jeder guten Lüge muß ein guter Lügner stehen, dachte sie. Warum hast du sie mir gestanden? Das hättest du nicht tun müssen. Du hast sie mir gebeichtet, weil du mit ihrer Last nicht länger leben konntest oder wolltest. Warum hast du sie mir nicht eher gebeichtet? Weil du Angst hattest, daß ich mich von dir abwenden würde, bevor ich dich erkannt hatte – und deine Bedeutung für mich. Wie du es mir in meinem Traum gesagt hast, als ich Brennstoff für mein Herzfeuer suchte. Hätte ich an deiner Stelle nicht dasselbe getan? Und hätte ich nicht von dir das Verständnis erwartet, das ich dir verweigert habe?

Ach – das sind sinnlose Fragen! Ich hätte dich erst gar nicht angelogen! Nein, ich hätte einen anderen Weg gefunden.

Valentinas Gang beschleunigte sich wieder. Vor der Haustür zog sie ihren Schlüsselbund aus der Tasche. Als sie den Schlüssel ins Schloß stecken wollte, hielt ihre Hand auf halbem Weg inne.

Was passiert, wenn ich jetzt den Schlüssel ins Schloß stecke? Ich gehe die Treppen hinauf zu meiner Wohnung. Was erwartet mich dort? Leere. Vertrautheit. Aber vor allem Leere. Meine eigenen vier Wände, in denen ich versuchen werde, meinen Verlust zu verkraften. Ich habe gewagt und verloren. Ich habe nach einem neuen Glück gesucht – und nur meine alte Angst gefunden. Die Angst, belogen und betrogen zu werden. Die noch so stark in mir sitzt, wie ich es nie für möglich gehalten hätte. Die nur darauf gewartet hat, mir ihre Stärke zu beweisen. Die Angst ist furchtbar. Sie zwingt einen dazu, Dinge zu beenden, bevor sie überhaupt begonnen haben.

Mit einem Ruck zog Valentina ihre Hand zurück, steckte den Schlüsselbund in die Tasche und machte sich mit schnellen Schritten auf den Weg zum Bahnhof.

Vertrauen ist das Zauberwort

Als Valentina in den Zug eingestiegen war, der sie zu Raphael zurückbringen würde, spürte sie, wie etwas in ihr zu schmelzen begann. Wie das, zu dem es erstarrt war, mehr und mehr seine Härte verlor, weich und fließend wurde, als würde unverhoffte Wärme darauf einwirken. Valentina hätte ihr inneres Auftauen, das sie ins Leben und zu sich selbst zurückbrachte, am liebsten beschleunigt.

Der Zug glitt unbeirrbar durch den Abend. Vorbei an Bäumen, Wiesen, Masten, Waldstücken. An Häusern, in deren beleuchteten Zimmern Menschen lebten. Die sichtbare Welt wurde zu einer flüchtigen, vorbeifliegenden Kulisse, die Valentinas Augen keine Zeit gab, sich an ihr festzuhalten, sich auf sie einzulassen. Die Menschen in dem relativ leeren Großraumabteil lasen, dösten, hörten Musik. Jeder von ihnen hatte seine eigene Geschichte. War Mittelpunkt seines eigenen kleinen Universums. Einige schienen ziemlich erschöpft zu sein. Keiner von ihnen wirkte glücklich. Ein junger Mann mit einer Kapuzenjacke tippte etwas in seinen Laptop. Ein Kind mit einem hellblauen Pullover schlief mit todernstem Gesicht im Arm seiner Mutter. Eine Frau in einem eleganten schwarzen Kostüm fummelte immer wieder nervös an ihren Haaren herum. Sie alle wirkten wie normale, vernünftige Menschen, die irgendwohin reisten. Ihr Ziel erreichten und dort blieben. Nicht wie Valentina, die ihr Ziel erreicht hatte, um dann über ihre Angst zu stolpern, zu fallen – und den Mann mit zu Boden zu reißen, der sie vertrauensvoll umarmt hatte.

Valentina schüttelte den Kopf. Energisch, als wollte sie ihrer Angst den Kampf ansagen. Als blickte sie ihr in die Fratze und sagte zu ihr: Nicht mit mir! Nicht mehr mit mir … Doch wie kann ich kämpfen, wenn der Feind sich in meinem Inneren befindet? In meiner eigenen Seele. Wie siege ich gegen mich selbst? Wie befreie ich mich aus der Opferposition, in die ich mich selbst gebracht habe?

Wieder schüttelte sie den Kopf. Auf das Wie kommt es nicht an, dachte sie, sondern darauf, daß ich einfach anfange! Daß ich mich zur Wehr setze! Alles Weitere wird sich ergeben. Ich muß nur meinen Mut gegen die Angst einsetzen. Meine Zuversicht gegen die Enttäuschung. Meine Sehnsucht gegen die Verletzung. Meine Vergangenheit darf nicht länger meine Zukunft bestimmen. Meine Angst soll nie wieder meine Liebe erstarren lassen. Selbst wenn die Angst recht hat. Selbst wenn sie es gut mit mir meint. Sie soll es mir in Zukunft beweisen! Ich werde ihr nicht mehr glauben, wenn sie mir keine triftigen Beweise liefert …

Vertrauen ist das Heilmittel gegen die Angst. Vertrauen in mich, in meine Kraft, in meinen Mut. Vertrauen in die Liebe. In die Zukunft. Alles wird gut! So blauäugig, so naiv, so abgedroschen sich das auch anhört. So tausendmal gehört, so trivial, so maßlos optimistisch. Alles wird gut! Auch nur eine Behauptung.

Aber eine, die nicht lähmt, nicht blockiert, die das Gefühl nicht gefrieren läßt. Die der Angst zu schaffen macht ... Ich ändere hier und jetzt ein Gesetz in mir. Ich kehre die Beweislast um. In Zukunft muß die Angst mir beweisen, daß sie recht hat. Und nicht ich ihr, daß sie unrecht hat. Wenn Trauma und Traum gegeneinander kämpfen, stelle ich mich auf die Seite des Traums ...

Raphael, ich habe dich verletzt, damit du mich nicht irgendwann verletzen kannst. Und das wegen einer einzigen Lüge. Wie konnte ich nur so dumm sein, so feige, so engherzig? Es kommt doch nicht auf die Lüge an, sondern auf das Motiv hinter ihr! Wie konnte ich so blind sein? Blind und dumm! Ich habe dich sehr verletzt. Habe deine Verzweiflung ignoriert. Wie konnte ich nur ein solches Monster sein? Kannst du mich überhaupt noch lieben, nachdem du mich so erlebt hast? So kalt und gemein. Aber hat nicht jeder eine zweite Chance verdient? Wenn du sie mir gibst, werde ich dich nicht enttäuschen. Das verspreche ich dir! Aber wirst du mein Versprechen noch wollen? Wirst du *mich* noch wollen?

Es war düster und kühl geworden, als Valentina auf das Haus zuging, in dem Raphael wohnte. Die zur Straße gelegenen Fenster seiner Wohnung waren dunkel. Als sie bei ihm klingelte, bestätigte sich ihre Befürchtung, daß er nicht zu Hause war.

Sie setzte sich auf eine Treppe des Hauseingangs, um auf ihn zu warten. Obwohl sie ahnte, daß es sinnlos war.

Nach zwei Stunden gab sie die Hoffnung auf, daß er noch kommen würde. Sie riß das Blatt mit Raphaels Portrait aus ihrem Skizzenblock und schrieb darunter:

Wenn du dieser Mann bist,
verzeih mir bitte und ruf mich an!
Ich bin wieder da. Bei mir und bei dir.

Ganz zart drückte sie einen Kuß auf Raphaels lächelnde Lippen. »Ich liebe dich«, flüsterte sie, schob das Blatt in Raphaels Briefkasten und ging.

Voller Angst und voller Hoffnung

Valentinas Handy lag auf dem Nachttisch desselben öden Hotelzimmers, das sie um die Mittagszeit verlassen hatte. Und wieder wartete sie auf einen Anruf. Die Frau auf dem Gemälde an der Wand zog sie erneut in ihren Bann, weil sich ihr Gesicht verändert hatte. Ihr inneres Lächeln war verschwunden. Sie schien sich ihres Glücks nicht mehr sicher zu sein. War sie überhaupt glücklich? Eigentlich wirkte sie so, als wüßte sie nicht, was ihr die Zukunft bringt.

Raphael, ich habe das Gefühl, daß du mich heute nicht mehr anrufst. Falls du überhaupt nach Hause kommst, guckst du bestimmt nicht in deinen Briefkasten. Wenn ich doch deine Nummer hätte! Vielleicht hat Vanessa sie, aber ich kann sie unmöglich danach fragen … Vanessa war so schockiert zu erfahren, daß ich mich in dich verliebt habe! Schließlich hat sie mir geholfen, den Mann zu finden, den sie verloren hat. Ich glaube, diese Rolle hätte sie lieber nicht gespielt. Ich muß irgendwann mit ihr sprechen. Will die Dinge zwischen uns nicht so stehenlassen. Aber sie wird Zeit brauchen. Wie du. Vielleicht will sie die Dinge ja am liebsten so stehenlassen. Und nicht die Freundin einer Frau sein, die den Mann liebt, den auch sie immer noch liebt. Wenn Vanessa mich nicht mehr sehen will, werde ich damit leben müssen. Wie ich vielleicht damit leben muß, daß du mir nicht verzeihen kannst ... Was geht jetzt in dir vor? Was tust du jetzt? Wo bist du jetzt? Du sprachst einmal von einer kleinen Wohnung auf dem Land, in die du dich manchmal zurückziehst, um aufzutanken, um aus dem Alltagstrott auszusteigen. Falls du dort bist: Komm zurück ...

Gestern nacht war ich wunschlos glücklich. Jetzt bin ich traurig, ängstlich, schwach. Halte mich an der Hoffnung fest, daß du mir verzeihst, halte mich wie der Mann in deinem Gleichnis an dem Baumstamm über dem Abgrund fest, bis meine Angst verschwindet: die Angst, daß du mir nicht verzeihen kannst ... Raphael, wenn du jetzt an mich denkst: Bitte verurteile mich nicht! Bitte versuche mich zu verstehen. Meine Vergangenheit hat sich mit unwiderstehlicher Macht in meine Gegenwart gedrängt und meine Wahrnehmung und mein Handeln manipuliert. Du hattest recht: Ich war nicht bei mir, als ich vor dir flüchtete. Aber jetzt bin ich wieder bei mir! Voller Angst, daß du dich mir verschließt. Und voller Hoffnung, daß du mit mir den Schritt zurückgehst. Dorthin, wo wir uns so nah waren, als seien du und ich die beiden Flügel eines Schmetterlings ... Ich will immer für dich da sein, wenn du mich brauchst. Ich will nicht nur deine Geliebte, sondern auch deine Freundin sein, auf die du dich verlassen kannst, die hinter dir steht. Kein Weg wird mir zu lang sein, kein Problem zu schwer, keine Herausforderung zu groß. Bis an meine Grenzen will ich gehen für unsere Liebe, bis über meine Grenzen hinaus. Ich will dich nie mehr im Stich lassen, dein Vertrauen nicht erschüttern, und ich will mich nie wieder von meinen Ängsten dominieren lassen. Ich will immer bei dir bleiben, immer ich selbst sein. Das verspreche ich dir!

Samstag

Wenn Liebe echt ist,
ist sie nicht zu verhindern.
Beruht sie auf Einbildung,
verhindert sie sich selbst.

Ein schlechter Traum und ein gutes Gespräch

Valentina kann fliegen. Hoch über den bunten Dächern und Türmen einer exotischen Stadt. Erst ist sie überrascht, dann spürt sie eine wachsende Freude, die sich schnell zu einer Euphorie steigert, einem berauschenden Glücksgefühl. Durch leichte Bewegungen ihrer Arme kann sie die Richtung und Geschwindigkeit ihres Fluges bestimmen. Als sie mehr und mehr beginnt, ihre himmlische Schwerelosigkeit zu genießen, setzt ganz plötzlich ein starker Regen ein, der ihren Körper naß und schwer macht. Nach und nach verliert sie an Höhe, bis sie entsetzt, traurig und enttäuscht wieder auf dem Boden steht: in einer parkähnlichen Landschaft, umringt von Bäumen, die ihre Blätter verloren haben und ihre nackten Äste und Zweige ausstrecken, betrübt über die vergangene Pracht. Sie springt mehrmals verzweifelt in die Höhe und breitet die Arme aus, in der Hoffnung, dadurch ihre Schwere abzuschütteln. Doch es gelingt ihr nicht mehr, ihre Flugkünste zurückzugewinnen. Der Zauber ist verloren, endgültig.

Mit tiefer Traurigkeit erwachte Valentina aus ihrem Traum. Sie nahm sich beim Duschen vor, ihn nicht als schlechtes Omen zu betrachten und so schnell wie möglich zu vergessen. Doch das gelang ihr nicht.

Die Enttäuschung über ihre verlorene Schwerelosigkeit blieb in ihr haften. Und der Gedanke, daß dieser Traum kein gutes Omen war, erwies sich als aufdringlich und hartnäckig. Da sie keinen Hunger hatte, verzichtete sie auf ein Frühstück.

Den Weg zu Raphaels Wohnung ging sie mit langsamen Schritten, um den Moment hinauszuzögern, in dem sie an seiner Tür klingelte. Denn sie befürchtete, daß er noch immer nicht zu Hause sein würde.

Und ihre Furcht erwies sich als berechtigt.

Entmutigt ließ sie sich durch die Stadt treiben. Immer aufs neue wehte ihr ein kühler, böiger Wind entgegen, der das endgültige Ende des Altweibersommers zu verkünden schien. Obwohl Valentina einen Pullover unter ihrer Jacke trug, begann sie zu frieren. In der Fußgängerzone stieß sie auf einen ihrer Steckbriefe. Die Zeit, seitdem sie ihn dort angebracht hatte, kam ihr wie eine Ewigkeit vor, obwohl nicht einmal eine Woche verstrichen war. Impulsiv setzte sie sich auf eine Holzbank, zog ihr Handy aus der Tasche und wählte die Nummer ihrer Eltern.

Ihr Vater meldete sich.

»Hallo, Paps!«

»Valentina! Schön, daß du anrufst!«

»Wie geht es euch?«

»Mir geht es gut. Deiner Mutter auch. Sie ist mit Irma vor einer halben Stunde einkaufen gefahren. Und wie sieht es bei dir aus?«

»Nicht so gut.«

»Oh ... Was ist los, Valentina?«

Sie atmete tief durch, bevor sie in groben Zügen erzählte, was geschehen war, seit sie dem Mann auf dem Bahnsteig in die Augen gesehen hatte.

»Glaubst du, daß Raphael dir verzeihen wird?« fragte ihr Vater.

»Ich hoffe es. Und ich hoffe, er kommt bald zurück. Aber ich habe Angst davor, daß ich ihn dann nicht mehr erreichen kann. Ich habe ihn sehr verletzt.«

»Mach dir keine Vorwürfe, Valentina! Das hilft dir jetzt nicht weiter. Du hast einen Fehler gemacht, aber das ist unvermeidlich, wenn man liebt. Wer nicht mehr liebt und nicht mehr irrt, der lasse sich begraben! Raphael wird dich verstehen und dir verzeihen, wenn er genug Liebe für dich hat. Und wenn er nicht genug hat, würdest du mit ihm nicht viel verlieren. Nicht soviel, wie es dir im Augenblick vielleicht erscheint.«

»Doch«, widersprach sie, »ich würde viel verlieren. Sehr viel.«

»Er wird dir verzeihen.«

»Wie kannst du das wissen?«

»Ich weiß es natürlich nicht. Aber nach allem, was du mir erzählt hast, glaube ich es.«

»Und wenn er sich mir verschlossen hat?«

»Dann öffne ihn wieder.«

»Und wenn ich es nicht schaffe?«

»Wenn *du* nicht das Herz eines Menschen öffnen kannst, wer dann?«

Valentina lächelte. Zum ersten Mal seit ihrer Flucht vor Raphael. »Manchmal denke ich, daß unsere Ängste, unsere schlechten Erfahrungen unser Liebesleben viel stärker bestimmen als unsere Sehnsüchte, unsere Träume. Und das ist unheimlich traurig«, sagte sie.

»Im Grunde sind es nicht so sehr unsere Erfahrungen, die uns zu dem machen, was wir sind, sondern das, was wir aus ihnen machen«, gab ihr Vater zu bedenken.

»Mag sein. Sag Irma bitte, daß ich mir ihren Rat zu Herzen genommen habe, den sie mir an meinem Geburtstag gegeben hat.«

»Welchen Rat?«

»Sie weiß schon, welchen.«

»Gut, ich richte es ihr aus. Kann ich irgendwas für dich tun?«

»Ja, das kannst du«, sagte Valentina. »Du kannst mir Glück wünschen.«

»Das wünsche ich dir von ganzem Herzen, Valentina!«

Das Schlimmste ist die Ungewißheit

Irgendwie ist die Atmosphäre nicht so gut in diesem Café. Aber draußen ist es kühl und ungemütlich. Die Wolken sind dunkel und hängen tief. Der Altweibersommer ist wohl endgültig vorbei. Und der Herbst verteilt mit seinen jähen Windstößen kalte Ohrfeigen an die Menschen auf den Straßen, die dem milden Spätsommerwetter noch nachhängen. Wenigstens die Bedienung ist nett ... Heute mittag gehe ich wieder zu deiner Wohnung. Wenn du nicht da bist, versuche ich es am Nachmittag und dann am Abend wieder. Ich werde diese Stadt nicht verlassen, ohne dich wiedergesehen zu haben ... Hoffentlich muß ich nicht tagelang auf dich warten und zwischen Hoffnung und Angst pendeln. Wenn es wenigstens ein gleichmäßiges Pendeln wäre, auf das ich mich einstellen kann. Aber es ist so ein ruckartiges, völlig unberechenbares Hin und Her. Meine Hoffnung leuchtet manchmal so hell, als gäbe es keine Dunkelheit. Und dann überfällt mich aus heiterem Himmel der Zweifel und taucht mich in tiefe Angst. Ich fühle mich unsicher in mir selbst. Gehe auf einem Boden, den ich jederzeit unter den Füßen verlieren kann. Fürchte mich davor, in etwas zu stürzen, aus dem ich lange nicht herauskommen werde ... Das junge Paar am Ecktisch, sie wirken so ernst und bedrückt. Reden so konzentriert miteinander, daß sie alles um sich herum vergessen. Seine Stimme ist plötzlich lauter geworden, sein Tonfall klingt vorwurfsvoll. Seine Worte *Du hast einen großen Fehler gemacht* stoßen scharfkantig aus dem Stimmengewirr im Café hervor. Also hat sie die Schuld daran, daß die beiden ein Problem haben. Zumindest in seinen Augen. Aber nicht in ihren, denn sie wehrt sich. Widerspricht ihm mit energischer Gestik, doch ihre Stimme bleibt leise. Ein Fehler sucht einen Schuldigen. Seltsam, daß man immer nach einem Schuldigen sucht, wenn etwas schiefgelaufen ist. Und seltsam, daß man die Schuld am liebsten beim anderen sucht. Ich hoffe, daß es kein wirklich großer Fehler war, den wer auch immer gemacht hat. Sondern einer, der sich wiedergutmachen läßt. Ich hoffe es für alle Liebespaare dieser Welt. Vor allem für dich und mich, Raphael. Aber sind wir das überhaupt noch: ein Liebespaar? Oder sind wir schon Vergangenheit, wie der Altweibersommer? Werde ich eine Fremde für dich sein, wenn ich vor deiner Tür stehe wie eine Bittstellerin? Wie eine, die einen unverzeihlichen Fehler gemacht hat und trotzdem um Verzeihung bittet. Wirst du mich vor der Tür stehen lassen und in die Kälte zurückschicken, die ich zwischen uns erzeugt habe? Ich könnte das verstehen. Vielleicht habe ich nichts Besseres verdient. Aber ich muß Gewißheit haben. Nichts ist schlimmer, als in dieser Ungewißheit zu leben, in diesem Wechselbad der Gefühle, diesem Niemandsland zwischen Hoffen und Bangen. Nichts ist schlimmer. Die Hölle ist nicht der Verlust. Die Hölle ist, nicht zu wissen, ob wirklich alles verloren ist.

Valentina bittet um Verzeihung

Valentinas zweiter und dritter Gang zu Raphaels Wohnung waren ebenso erfolglos wie ihr erster. Doch als sie am späten Nachmittag zum vierten Mal bei ihm klingelte, hörte sie das Summen des Türöffners. Voller Freude. Und voller Angst.

Mit klopfendem Herzen und weichen Knien ging sie die Stufen zu seiner Wohnungstür hinauf.

Er stand auf der Schwelle. Was sie in seinem Gesicht sah, war maßlose Überraschung. Sie erkannte auch Freude in seinen Augen, aber ebenso eine gewisse Härte, die ihr angst machte.

»Gut, daß du da bist«, sagte sie erleichtert und versuchte ein Lächeln, doch es ging ihr auf dem Weg von ihrem Herzen zu ihren Lippen verloren.

»Ich bin eben erst nach Hause gekommen.« Raphaels Stimme klang nicht mehr so warm, wie Valentina sie kannte. Er sah so aus, als hätte er letzte Nacht nicht geschlafen. Sein Gesicht wirkte müde.

»Warst du in deiner Wohnung auf dem Land?«

»Ja.«

»Hast du schon in deinen Briefkasten geschaut?«

»Nein. Warum?«

»Ich hab gestern abend einen Zettel für dich hineingesteckt.«

»Du warst gestern abend hier?«

»Ja.«

»Komm doch rein!«

Valentina atmete erleichtert durch. Zumindest ihre Befürchtung, daß Raphael ihr ein Gespräch verweigern würde, erwies sich als grundlos. Sie folgte ihm in die Küche.

»Hier wurde unser Gespräch unterbrochen«, stellte er mit sachlichem Tonfall fest, »also führen wir es hier weiter.«

»Es tut mir so leid«, sagte sie, obwohl sie gerade diese abgedroschenen Worte nicht sagen wollte. »Mein Verhalten gestern. Du hattest recht: Ich war wirklich nicht da, als ich vor dir geflüchtet bin. Du mußt wissen, meine erste Liebe war ein Mann, der mich oft angelogen hat. Jahrelang. Seitdem habe ich eine ganz tiefe Abneigung gegen Lügen ... Kannst du mir verzeihen?«

»Ich weiß nicht«, antwortete er nach längerem Zögern. »Du hast mich so verwirrt, daß ich nicht mehr klar denken und fühlen kann.«

Valentina spürte, wie ihre Angst sich in wenigen Sekunden vergrößerte und ihren ohnehin schon schnellen Herzschlag beschleunigte. »Es *war* eine gute Lüge!« sagte sie und merkte, wie seltsam ihre Stimme klang. Vielleicht, weil sie versuchte, ihre Angst vor Raphael zu verbergen? Sie bat ihn um Verzeihung, aber sie wollte nicht um Verzeihung *betteln*. Nicht aus Stolz. Sie wollte einfach kein Mitleid erwecken. Wenn er ihr verzieh, dann sollte Liebe der Grund dafür sein, nur Liebe. »Es war eine *gute* Lüge«, wiederholte sie. »Und es war richtig, daß du sie benutzt hast. Wir wären uns sonst nie begegnet. Ich brauchte nur etwas Zeit, um das zu erkennen. Ein bißchen Zeit, um mein Lügentrauma in seine Schranken zu verweisen.«

Raphael blickte zu Boden.

Wenn er gleich den Kopf hebt und mir in die Augen schaut, dachte Valentina, werde ich wissen, ob er mir verzeiht.

Als ihre Blicke sich trafen, konnte sie aber nicht in seinen Augen lesen, was in ihm vorging. Sein Blick war undurchsichtig geworden. Als hätte sich ein dunkler Schleier von Distanz und Bedenken über die Wärme und Offenheit gelegt, mit der er sie immer angeschaut hatte.

»Warum siehst du mich so an? Hast du kein Vertrauen mehr zu mir?«

»Du warst gestern auf einmal so hart. So kalt. So abweisend! Ich konnte nicht fassen, was mit dir geschah. Du warst mir plötzlich so fremd! Ich konnte nicht verstehen, daß dich meine Lüge so sehr abstieß. So sehr, daß du vor mir flüchten mußtest! Wie vor einem ...«

»Ich kann es doch selbst nicht mehr verstehen!« fiel sie ihm verzweifelt ins Wort. »Ich war nicht mehr ich selbst, als es passierte.« Valentina ging einen Schritt auf ihn zu und suchte seinen Blick. »Bitte verzeih mir!«

»Ich würde dir ja gern verzeihen, aber ...«

»Aber?«

»Ich weiß nicht, ob ich es kann.«

Valentina verlor den Mut, den sie gebraucht hätte, um Raphael zu umarmen. Den sie vor Raphaels *Aber* noch gehabt hatte. »Wann wirst du es wissen?«

»Bald.«

Sie spürte hilflos, wie ihre Angst immer stärker wurde, daß Raphael sich gegen sie entscheiden würde. Wie er sich damals gegen Vanessa entschieden hatte. »Dann fahre ich jetzt wohl am besten wieder nach Hause«, sagte sie leise. Sah ihn an und gab sich einen Moment lang der verrückten Hoffnung hin, daß er sie spontan in die Arme nehmen würde – und alles wäre wieder gut. Aber er stand unbeweglich und unnahbar vor ihr und ignorierte den Hilferuf in ihrem Blick. Falls er ihn überhaupt sah. Valentina spürte, wie sich die Traurigkeit in ihr mehr und mehr auftürmte. Ich werde jetzt nicht vor ihm in Tränen ausbrechen, sagte sie sich. Ich will ihn nicht unter Druck setzen. Er soll sich frei entscheiden. Für uns oder gegen uns.

Valentina wußte nicht, mit welchen Worten sie sich verabschieden sollte, also ging sie schweigend. Raphael hielt sie nicht zurück. Mit keinem Wort, keinem Blick, keiner Geste.

Auf dem Bürgersteig konnte sie ihre Verzweiflung nicht mehr zurückhalten. Tränen liefen ihr über das Gesicht. Ich bin wie Vanessa, dachte sie. Verliebe mich in dich, verletze und verliere dich. Aber ich habe dich nicht betrogen. Ich habe mich selbst betrogen – um die Chance, mit dir glücklich zu sein. Wie distanziert du jetzt bist! Und ich habe dich in diese Distanz getrieben, mit meiner blinden Abscheu vor Lügen. Bei Vanessa hast du vier Tage gebraucht, um dich zu entscheiden. Bei mir wird es schneller gehen. Eigentlich wirkst du so, als hättest du dich schon entschieden, gegen uns, und wolltest es mir nur nicht ins Gesicht sagen. Vielleicht willst du es mir lieber am Telephon beibringen. Mit einem Anruf von dir begann alles, mit einem Anruf von dir wird alles enden.

Valentina zog ihr Handy aus der Tasche und bestellte sich ein Taxi. Ließ sich von dem schweigsamen Fahrer zu ihrem Hotel bringen und bat ihn, auf sie zu warten. Ging in ihr Zimmer, packte und schulterte ihr Gepäck und hatte schon die Türklinke in der Hand, als ihr Blick auf das Bild an der Wand fiel. Warum hatte sie die versteckte Traurigkeit in den Augen der Frau nicht eher gesehen?

Aus einem Impuls heraus nahm sie die Hand von der Klinke und führte sie zu dem Bild. Schob den Rahmen ein Stück zur Seite, als würde sie dahinter die Tür eines Wandtresors vermuten. Ein Tresor war da nicht, aber etwas anderes. Jemand hatte mit einem Bleistift vier Worte auf die weiße Rauhfasertapete geschrieben. Worte, die nur jemand lesen konnte, der, aus welchem Grund auch immer, das Bild ein Stück zur Seite schob.

Liebe findet den Weg

Leider nicht immer, dachte Valentina und rückte das Bild wieder gerade. Schloß die Tür und ging die Stufen zur Rezeption hinunter. Bezahlte die Rechnung und stieg wieder ins Taxi.

Auf dem Fahrplan in der Bahnhofshalle sah sie, daß der nächste Zug, der sie nach Hause bringen würde, schon in wenigen Minuten abfuhr. Sie ging die Stufen zu dem Gleis hoch, wo der Zug bereits stand. Stieg ein, fand auf Anhieb ein leeres Abteil und setzte sich auf einen Fensterplatz. Blickte auf den Bahnsteig. Sie fühlte sich leer, müde und schwach, ohne die geringste Kraft, sich gegen die Hoffnungslosigkeit zu wehren, die mehr und mehr von ihr Besitz ergriff.

Plötzlich hatte Valentina das Gefühl zu träumen. Denn sie sah etwas, das ihr völlig irreal erschien. War das nicht Raphael, der im Laufschritt an den Waggons ihres Zuges entlanglief und dabei suchend in jedes Abteil sah?

Ihr Herz stolperte über diesen Anblick, fiel einen Schlag lang aus und begann danach wie verrückt zu rasen.

Sie träumte nicht – es *war* Raphael!

Er war zu ihr zurückgekommen. Legte eine Hand auf die Fensterscheibe. An dieser Geste und in seinem Blick erkannte sie, daß er ihr verziehen hatte und sie bat, bei ihm zu bleiben. Sie drückte die linke Hand auf die Scheibe. Jetzt lagen ihre Handflächen aufeinander, nur durch das Glas getrennt. Dennoch glaubte sie, die Wärme seiner Berührung zu spüren.

Wieder stand ein Mann auf dem Bahnsteig und sah ihr in die Augen. Diesmal wußte sie, was zu tun war. Sie nahm ihre Reisetasche und eilte aus dem Zug. Tränen liefen ihr über die Wangen, über die Lippen. Tränen, deren salzigen Geschmack sie mit Raphael teilte, als sie sich küßten.

Sonntag

Echte Liebe schenkt Entspannung
und tiefe innere Ruhe.
Echte Liebe schenkt Heiterkeit
und ein Lächeln, das sich selbst genügt.
Echte Liebe stillt die Sehnsucht
und stiftet Seelenfrieden.
Echte Liebe ist unverkennbar,
und was sie schenkt,
ist in seinem tiefsten Wesen unbenennbar.

Die Sprache der Liebe

Raphael schlief noch. Sein Atem floß tief und ruhig. Valentina betrachtete innerlich lächelnd sein Gesicht in dem gedämpften Morgenlicht, das durch die Vorhänge ins Schlafzimmer fiel. Mit zärtlicher Behutsamkeit strich sie eine Haarsträhne aus seiner Stirn und schaute ihn mit wachsender Freude an. Er lag neben ihr. Sie hatten sich das Bett geteilt, die Nacht und die Liebe. Und dieses Teilen hatte all das wieder heil und ganz gemacht, was zerstört und verloren schien. Sie hatten sich wiedergefunden, in der Umarmung auf dem Bahnsteig, während Valentinas Zug ohne sie abfuhr. Er hatte ihr verziehen, hatte sie wieder in seinem Leben aufgenommen. Sie waren wieder, sie waren noch immer ein Liebespaar.

Du hattest recht mit deiner Befürchtung, Raphael, sagte sie in Gedanken zu ihm. Wenn du mir die Wahrheit gesagt und mich gefragt hättest, ob ich mich mit dir treffen möchte, wäre ich nicht darauf eingegangen. Denn ich war ganz fixiert auf die Suche nach einem anderen Mann. Und ich hätte das Glück verfehlt, das ich mit dir gefunden, verloren und wiedergefunden habe. Weil ich es ganz woanders suchte … Ist Glück das richtige Wort für das, was ich empfinde? Es ist ein starkes Wort, und doch ist es fast zu schwach für das, was ich erlebt habe, seit ich gestern aus dem Zug gestiegen bin.

Ich habe mich noch nie so glücklich gefühlt, noch nie so geborgen. Und ich habe noch nie so geliebt ... Ob du auch so empfindest? Warum frage ich das, ich weiß es doch! Habe es gesehen in deinen Augen, in deinem Lächeln, habe es gehört im Klang deiner Stimme. Habe es gespürt in deinen Armen, und spüre es auch jetzt. Du hast mich verwandelt. Ich bin eine andere geworden. Nein, ich bin die geworden, die ich wirklich bin. Durch dich hab ich zu mir gefunden. Mit jedem Atemzug sinkt unsere Liebe tiefer in meine Seele ein ... Die Nacht mit dir war wie ein Traum. Ich war noch nie so weit von allem entfernt, was ich kenne. Und zugleich so nah an allem, was ich mir schon immer ersehnt habe ... Ich habe zwei Nächte mit dir verbracht. Die mir genügen, um zu wissen, daß ich keine Nacht mehr ohne dich verbringen möchte. Ja – ich wünsche mir, mein Leben mit dir zu teilen. Ich habe keine Angst vor dem Alltagsdämon, unsere Liebe wird ihn in Schach halten. Unsere Liebe ist so wahr. Verrückt, daß sie erst durch eine Lüge möglich wurde. Unsere Liebe ist so richtig. Verrückt, daß sie durch einen Irrtum entstanden ist. Ich hoffe, daß auch du dir wünschst, dein Leben mit mir zu verbringen. Wo und wie auch immer. Und ich werde einfach nur dankbar sein für das Glück, das ich erleben darf ... Ich empfinde einen wunderbaren tiefen Frieden in mir, den Seelenfrieden einer gestillten Sehnsucht.

Der Gesuchte

Valentinas Handy klingelte leise in ihrer Umhängetasche im Wohnzimmer. Also stand sie ebenso schnell wie behutsam auf, lief auf Zehenspitzen ins Wohnzimmer und zog das Handy aus ihrer Tasche. Auf dem Display stand *Unbekannt.* »Hallo?« fragte sie.

»Sie haben mein Gesicht sehr gut gezeichnet«, sagte ein Mann. »Dafür, daß Sie so wenig Zeit hatten, es sich einzuprägen. Ihr Steckbrief liegt seit Tagen auf meinem Schreibtisch. Neben der Zeitung mit Ihrer Suchanzeige. Eigentlich wollte ich mich nicht bei Ihnen melden.«

Als Valentina ihre Überraschung überwunden hatte, fragte sie: »Warum nicht?«

»In Ihrem Inserat steht, daß ich mich melden soll, wenn ich Sie wiedersehen will. Aber das will ich nicht. Ich rufe Sie trotzdem an, weil unser Blickkontakt bei Ihnen offenbar falsche Hoffnungen geweckt hat.«

»Haben Sie ihn denn nicht gespürt – den Zauber, als wir uns ansahen?«

»Zauber? Nein. Ich konnte einfach nicht fassen, daß es eine Frau gibt, die ihr so ähnlich sieht.«

»Die wem ähnlich sieht?«

»Helena. Meiner ehemaligen Freundin. Sie sind ihr wie aus dem Gesicht geschnitten. Sie hat mich und diese Stadt vor über einem Jahr verlassen. Wegen eines anderen Mannes. Ich leide immer noch darunter. Im ersten Augenblick, als ich Sie in dem Zug sah, dachte ich, Sie wären Helena. Und dann erkannte ich, daß Sie nur eine Doppelgängerin waren. Aber ich konnte nicht aufhören, Sie anzuschauen. Obwohl es mir in der Seele wehtat. Haben Sie mir das nicht angemerkt?«

»Nein. Ich fand Ihren Blick einfach nur intensiv.«

»Intensiv? Na ja, mag sein. Wie auch immer: Ich glaube, ich war Ihnen diesen Anruf schuldig.«

»Sie sind mir nichts schuldig. Im Gegenteil, ich schulde Ihnen Dank! Für Ihren Blick, auch wenn ich den Grund dafür nicht ahnen konnte. Und auch dafür, daß Sie mich nicht eher angerufen haben.«

»Das verstehe ich nicht.«

»Ist auch nicht mit ein paar Worten zu erklären. Es war so: Unser Blickkontakt am Bahnhof hat mich auf einen Weg gebracht, der mich ...«

»Sie brauchen mir nichts zu erklären«, unterbrach er sie. »Ich bin in Eile. Und eigentlich wollte ich Ihnen nur sagen, was ich schon gesagt habe.«

Bevor Valentina reagieren konnte, beendete er das Gespräch.

Inhalt

Freitag

Samstag

Sonntag